______________ 드림

너도 작가가 될 수 있어

너도 작가가 될 수 있어

초판 1쇄 인쇄 2019년 6월 20일
초판 1쇄 발행 2019년 6월 27일

지은이 이동영

발행인 장상진
발행처 (주)경향비피
등록번호 제2012-000228호
등록일자 2012년 7월 2일

주소 서울시 영등포구 양평동 2가 37-1번지 동아프라임밸리 507-508호
전화 1644-5613 | **팩스** 02) 304-5613

ISBN 978-89-6952-338-9 03800

· 값은 표지에 있습니다.
· 파본은 구입하신 서점에서 바꿔드립니다.

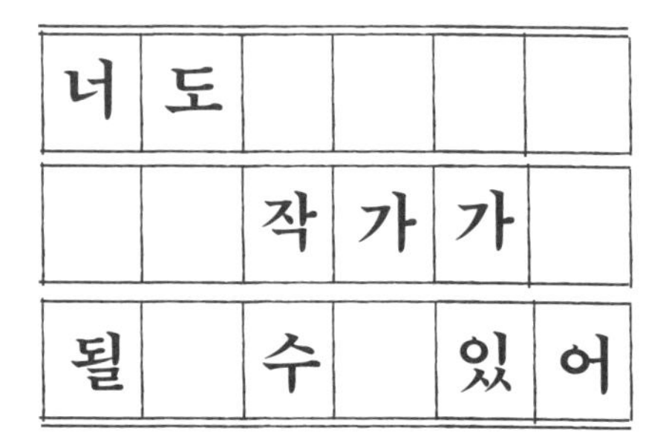

이동영 지음

경향BP

머리말

제 꿈은 매일 글을 쓰는 것입니다

누가 꿈이 무어냐고 물으면 저의 대답은 한결같습니다.

"제 꿈은, 매일 글을 쓰는 것입니다."

정말 매일 글을 썼고, 독자가 하나둘 늘었습니다. 어느 순간 저를 부르는 이름 뒤에는 작가란 호칭이 붙기 시작했습니다. 이 책은 제가 2014년에 처음 '작가' 이름을 걸고 강연했던 TEDx를 계기로 사내 강연, 자체 강의, 기업·기관·학교 등 출강에 이르기까지, 글쓰기 강의 연단에서 했던 말과 온라인에 올린 글, 실제 강의안 자료와 수강생들과의 대화, 피드백, 질의응답을 토대로 만들었습니다.

즐겁게 책장을 넘기면서, 강의에 참여했다 생각해 보세요. 마음에서 일어나는 무언가를 놓치지 않는다면 좋겠습니다. 그걸 붙잡으면서 동시에 연필도 잡아 보길 바랍니다. 30일 강좌 콘셉트이기 때문에 반복되는 내용은 복습해 보며 내 것으로 만드세요.

글쓰기는 아는 것보다 하는 것이 더 중요합니다. 이 책이 당신의 마지막 글쓰기 책이 되기를, 그리고 당신이 글쓰기를 시작하는 첫 책이 되기를 바랍니다.

'나도 한 번 써 볼까?'

책을 읽으면서 이런 기분이 들었다면, 책을 덮고 나서 아무 글이라도 쓰기 시작하면 좋겠습니다. 글을 공개하는 건 다른 문제이지만, 쓰는 행위 자체를 시작하는 것이 일차적으로 자기 자신을 얼마나 해방해 주는지 느껴 보길 바랍니다.

글쓰기는 자기 자신을 사랑하고자 하면 '누구나' 시작할 수 있습니다. 동시에 '아무나' 할 수는 없습니다. 이 책은 누구나 읽을 수 있지만, 아무나 읽진 않는 것처럼요. 당신은 그래서 특별합니다.

이 책을 참고 삼아 당장 글쓰기를 시작한다면 지금 이 글을 읽고 있는 당신도 가까운 미래에 '작가'가 될 수 있다고 저는 확신합니다. 혹시 작가가 되어 저를 만나면 적극적으로 아는 체해 주길 바랍니다.

Thanks to : 제 꿈을 응원해 주는 부모님과 노트북을 사 준 원효형, 틈틈이 원고를 피드백해 준 여자친구, 방해와 애교를 동시에 하는 동거묘 다행이와 제 수업에 왔던 모든 수강생, 하나뿐인 절친 강동진, 전우 정진아, 군산 친구 박지혜, 박장희 팀장님, 스피치 스승님 강지연 선생님, 퇴사학교에서 강의하도록 해 주신 장수한 대표님과 김연지 마케터님, 늘 수고해 주시는 박상진 매니저님, 그리고 앞으로 글쓰기를 시작할 여러 분께 이 책을 바칩니다.

글쓰기로 살아 있음을 느끼는 이동영 드림

차례

머리말 — 4

Day 1 너도 작가가 될 수 있어 — 10

네가 글 쓰는 이유는 뭐야? — 11
질문으로 이야기 +1을 획득하였습니다 — 15

Day 2 글쓰기는 공부가 아니고 습관이야 — 19

작가들의 글 센스는 습관이 8할이다 — 20

Day 3 긴장과 이완을 활용해 봐 — 28

못 쓸 것 같지? 다 쓰게 돼! — 29
릴랙스 발상법 — 33

Day 4 자유 주제로 20분 글쓰기 — 38

Day 5 글쓰기 전에 걸어 봐 — 41

작가들은 왜 걸을까? — 42
걷다 보면 글이 시작돼 — 45

Day 6 자유 주제로 사진 찍고 단상 써 보기 — 51

Day 7 내가 아는 것으로 글쓰기 — 54

무엇으로 쓸까? — 55
과거의 나야, 고마워! — 58
재능보다 재료가 중요해 — 59

Day 8 글을 '힙'하게 쓰고 싶다면? — 63

잘 쓴 글이란? — 64
글쓰기란 생각을 보여 주는 거야 — 67
누구나 글을 잘 쓸 수 있어 — 69

Day 9 이것만 하면 나도 명언 제조기 — 71

인생 is 뭔들, 사랑 is 뭔들 — 72

Day 10 1단계(발상)-자유롭게 쏟아 내 봐 — 77

글쓰기에 순서가 있다면? — 78
일기는 일기장에, 에세이는? — 80

Day 11 2단계(정리)-글답게 정리해 봐 — 83

정리하는 방법 — 84

Day 12 3단계(퇴고)-이제 독자를 의식해 봐 — 91

퇴고가 뭔 말? — 92
퇴고 체크리스트 & 실전 꿀팁 — 95

Day 13 4단계(피드백)-다른 사람에게 글을 보여 줘 — 102

솔직한 피드백이 글발을 키워 — 103
전문가가 아닌 사람에게 보여 줘도 좋을까? — 108

Day 14 '내가 듣고 싶은 말' 주제로 20분 글쓰기 — 114

Day 15 **글쓰기로 카타르시스를 느껴 봐** — 117

우리에게 가장 필요한 것은? — 118
글쓰기, 좋은 감정 해소 도구 — 120

Day 16 **'나를 살게 하는 것 or 내가 살아 있음을 느끼게 하는 것' 주제로 20분 글쓰기** — 125

Day 17 **라디오, TV 방청 사연 응모하기** — 128

확률을 높이고 마음은 비워 — 130

Day 18 **첫 문장은 어떻게 쓸까?** — 135

일단 써. 나중에 고칠 수 있으니까 — 136

Day 19 **글 쓰다가 막힐 땐 어떻게 하냐고?** — 143

'할말하않' 말고 '할말쌓집' — 144
글을 쓰다가 막히면? — 145

Day 20 **마지막 문장은 어떻게 쓸까?** — 152

끝맺음은 원래 어려운 거야 — 153

Day 21 **제목은 어떻게 정할까?** — 157

제목은 속도보다 방향이야 — 158

Day 22 **기획 콘텐츠를 발행해 볼까?** — 163

내가 가진 걸 보여 주는 것부터 시작해 — 164

Day 23 **여행 주제로 20분 글쓰기** — 169

Day 24 글쓰기는 취미가 아니라 일상이야 — 172

숨 쉬듯 밥 먹듯 글쓰기를 해 봐 — 173
나는 어떻게 책을 냈나? — 176

Day 25 글쓰기에 도움이 되는 추천 목록 — 180

글쓰기를 위한 대도서관 — 181

Day 26 좋은 문장을 필사해 봐 — 193

필사로 감각을 익힐 수 있어 — 194
좋은 책 고르는 법 = 나쁜 책 거르는 법 — 197
필사모임 방법 — 198

Day 27 바로 써먹는 글쓰기의 잔기술 — 202

#잔기술 1–연상 또 연상 — 203
#잔기술 2–일상에서 인생 생각 — 205
#잔기술 3–구구절절 설명 말고 보여 줘 — 207
#잔기술 4–어원과 유래 인용 — 209

Day 28 책, 어떻게 읽고 있니? — 213

독서 입문자에게 권장하는 독서법 — 214
독서모임 예찬 — 216
그 밖의 독서법 — 221

Day 29 죽기 전에 책을 내고 싶다고? — 223

글쓰기 강좌와 책 쓰기 강좌의 차이점 — 224
책을 출간하는 3가지 방법 — 227

Day 30 카카오 브런치 작가에 도전해 봐 — 232

브런치? 그거 먹는 거 아니냐고? — 233
브런치 구독자 모으는 방법 — 236

Day
1

너도 작가가 될 수 있어

자기 안에 물음표가 없어서 아무것도 묻지 못하는 사람은
건전지를 넣고 단추를 누르면 그냥 북을 쳐 대는 곰인형과 다를 것이 없어.
— 이어령, 『생각 깨우기』 중

네가 글 쓰는 이유는 뭐야?

글쓰기 강의 첫 시간, 수강생들에게 묻습니다.

"글을 왜 쓰려고 하세요?"

수강생 일동은 당황합니다. 그동안 별로 깊게 생각해 본 적이 없기 때문이죠. 혹은 이유나 명분, 목적 등을 '찾고 싶어서' 강의실까지 온 분도 계실 겁니다. 하지만 저는 압니다. 이미 자기 안에 답은 내려져 있다는 것을요. 다만 그것이 정리가 좀 덜 되었거나 꺼내 놓을 기회가 없었을 뿐이죠. 혹은 무언가에 가로막혀 꺼내 놓지 못했을 겁니다. 이를 두고 '답을 찾지 못했다.'고 생각하는 겁니다.

강의실까지 자발적인 걸음을 했다는 것은 사실 자기 안의 답을 '재차 확인하고 싶어서'일 겁니다. 자신을 특정 장소로 이끈 동기가 이미 마음속에 있는 상태입니다. 이때 강사는 교육자로서의 주요한 역할이 있습니다. 그 동기를 스스로 꺼내도록 이끄는 역할이죠. 저는 강의 시간에 위 질문을 던지고 자그마한 카드를 하나씩 나눠 드립니다.

"나는 글쓰기 수강 후 [______________________]하고 싶다."

빈칸을 1분 30초 이내에 채우도록 합니다. 그리고 그것에 대해 처음 보는 수강생끼리 그룹 지어 말하도록 하는데요. 즉답으로 발표하기보다 수강생끼리 이야기를 나눌 때 더 오래 남고, 글쓰기라는 매개체로 모인 사람들끼리 서로 '공언'을 하면 자발적 동기로 자리 잡기 때문입니다. 공개선언을 했다는 심리적 부담이 책임감으로 발현되는 거죠. 만약 이 책을 혼자 읽고 있다면 다음 빈칸을 채워 보고, 친구를 만났을 때 이렇게 말해 보세요.

"내가 글쓰기를 시작하려는데, 나는 [____________]하고 싶어."

좀 더 글을 쓰는 이유나 목표가 명확해질 겁니다. '하고 싶어서' 글쓰기를 시작하고 이어가는 사람이 될 테니까요. 실제 수강생들의 다양한 답변 중에 인상 깊었던 몇 가지를 소개해 드릴게요.

"나는 글쓰기 수강 후 [내 글을 더 사랑]하고 싶다."
"나는 글쓰기 수강 후 [내 경험과 생각을 정리해서 공유]하고 싶다."
"나는 글쓰기 수강 후 [사람들에게 위로와 기쁨을 주는 따뜻한 책을 한 권] 쓰고 싶다."

어떤가요? 마음이 너무 예쁘지 않나요? 그래서인지 저는 글쓰기 수업에 참석하는 분들을 볼 때마다 '좋은 사람들'이라고 긍정하는 편견이 있습니다. 다행이죠. 제가 계속 글쓰기 강의를 하는 이유 중 하나입니다. 수강생 입장에서는 생각도 정리하고, 자존감도 높이고, 선한 영향력도 떨치고, '지금까지 이런 취미는 없었다.'고 느낄 겁니다.

글쓰기 강의를 처음 시작할 때 저는 수강생에게 '왜 쓰는지' 생각해 보라면서 직설적으로 질문을 던지기도 했습니다. 이후 첫 시간에 다소 당황했다는 수강생 피드백이 있었고, 곧바로 수정 작업에 들어갔습니다. 어떻게 하면 당황하지 않고 내적 동기를 꺼내 놓을 수 있을까에 대해 나름대로 연구를 시작했죠. 그러다가 문득 '질문을 바꿔야겠다!'는 생각이 떠올랐습니다.

질문을 바꾸는 것만으로도 동기부여는 물론이고 제대로 된 방향 설정을 할 수 있습니다. 굳이 강좌 수강이 아니라도 스스로 글쓰기를 시작하고자 한다면 그동안의 질문을 바꿔 보세요. 답을 찾지 못할 땐 진짜 답이 없는 게 아니라 질문이 잘못된 경우가 많거든요.

'감당할 수 있을까? 내가 할 수 있을까?' 하며 지레 겁먹지 말고, '내가 하고 싶은가? 그래, 나는 [ ]하고 싶다.'고 질문을 바꿔 보는 겁니다.

실제 수업을 진행하면서도 원인을 따져 묻는 '왜?'라는 질문을 '결과적으로 [ ]하고 싶다.'라고 바꾼 것이 효과적이었습니다. 그럼 자연히 목표를 두고 머릿속에서 시뮬레이션(이미지화)한 후에 입으로 꺼내 놓게(약속/선언) 됩니다. 그럼 누구에게라도 조금씩 길이 열릴 겁니다. 끝까지 해내는 사람들에게는 공통으로 이런 시작점이 있습니다. 다음 필리핀 속담을 마음에 새겨 보세요.

"하고 싶은 일에는 방법이 보이고, 하기 싫은 일에는 핑계가 보인다."

Tip

나는 글쓰기를 통해 [ ]하고 싶다.

빈칸을 채운 뒤 A4 용지 반쪽~1장 분량의 글을 써 보세요. SNS나 블로그를 한다면 글을 공개해도 좋겠습니다. 공개 글을 쓰는 것이 아직 어렵다면, 글쓰기를 하고 싶은 이유에 대해 주변 사람들에게 말해 보세요. 이야기를 나눠 보면 '공개 선언 효과'도 있어서 글쓰기를 이어 가는 데 도움이 됩니다.

질문으로 이야기 +1을 획득하였습니다

저는 철학 강의를 즐겨 듣습니다. 사유하는 방법을 알면 글쓰기뿐만 아니라 일상을 살아갈 때도 지혜로운 선택을 하게 되니까요. 언젠가 서강대 철학과 최진석 교수님의 강의를 들었는데, 듣는 순간 팍 가슴에 꽂힌 말을 소개합니다.

> 대답이 있는 곳에는 언제나 집단이 있습니다.
> 그러나 질문은 자신의 이야기입니다.
> 이야기를 할 수 있을 때, 비로소 자기가 존재합니다.

글을 쓴다는 건 결국 이야기를 만드는 작업입니다. 모티브가 되는 제재나 소재는 비슷할 수 있어도 아주 똑같을 순 없지요. 내 고유한 이야기를 만드는 데는 질문만 한 것이 없습니다. 그러나 우리는 자신에게 하는 질문부터 상대에게 하는 질문까지 매우 인색합니다. 질문이 부족한 일상을 살아가는 것이죠. 인간은 '질문하는 존재'이고, 기계는 '답변하는 존재'라고 합니다. 그 답변조차 인간이 주입한 알고리즘에 의한 답변이겠죠. 우린 인간답게 살아야 하지 않겠어요? 질문을 잘한다는 건 다시 말해 '주체성'을 회복한다는 말입니다. 주체성을 회복한다는 건 '자존감'을 회복한다는 말이고요. 있는 그대로의 나를 인정하고 결핍을 받아들이면 남과 나를 비교하거나 주변에 의해 흔들리는 횟수가 줄어듭니다. 세상 가운데 나로서 우뚝 서게 되지요. 질문은 시선에 무너지지 않도록 하는 강력한 무기가 됩니다. 삶이라는 흐름 속에서 나만의 원칙과 기준, 가치관을 만들어 주기 때문입니다. 그와 동시에 질문은 외부 세계와의 접촉을 이어 주고 보다 생생하게 살아가도록 돕습니다.

『신경 끄기의 기술』, 『나는 나로 살기로 했다』, 『개인주의자 선언』, 『약간의 거리를 둔다』 등 오랫동안 서점가를 강타했던 베스트셀러 책 제목을 보면 남을 의식하는 것보다 자신에게 더 집중하는 삶을 강조합니다. 이에 공감하는 사람들이 많다는 건 그만큼 우리가 눈치 보고 산다는 방증이겠죠.

이와 관련해, 제 강의 경험에서 나온 통계 데이터가 하나 있습니다. 저는 초·중·고등학생을 대상으로 하는 강의부터 대학생 강의, 직장인 강의, 그리고 어르신들이 상당수 참여하는 강의까지 두루 하고 있는데요. 꽤 흥미로운 점을 발견했습니다. 연령이 '높을수록' 허심탄회하게 질문을 던진다는 사실이었어요. 크게 눈치를 보지 않고, 강의 내용을 자기 경험과 비교해 보는 여유가 있는 거죠.

제 강의를 들으러 온 어르신들은 나이가 한참 어린 저에게도 '배우고 싶어서' 온 분들이라 기본적으로 질문도 좋은 편입니다. 그런데 애석하게도 연령이 낮아지면 낮아질수록 질문의 수는 확 줄어든다는 게 제가 느낀 안타까운 현실이었습니다. 비슷한 주제로 강의를 해도 이 현상은 마찬가지였습니다.

'왜 비교적 경험이 적고 패기가 넘치는 학생들이 질문에는 더 인색한 걸까? 더 궁금한 게 많지 않을까?'

저는 결론을 '세대 차이'라고 내렸습니다. 지금 학생들은 디지털 환경에 태어난 '디지털 네이티브' 세대입니다. 사색보다는 검색이 더 자연스럽고, 사람에게 하는 질문보다는 포털 검색창이나 유튜브 검색창에 질문을 던지는 것이 더 익숙한 세대인 거죠. 비슷한 맥락에서 독일의 저널리스트 올리버 예거스는 1980년대에 태어난 사람들을 두고 '결정장애 세대'라고 명명하기도 했습니다. 기회와 정보가 쏟아지니 주체성을 잃은 세대란 겁니다. 거기에 우리나라는 대면해서 질문하는 행위가 여전히 껄끄럽거나 부끄럽다고 인식하는 편입니다.

초·중·고 주입식 교육에서는 특히 질문의 여지를 남기지 않고 정답만을 좇아 줄 세우는 교수법 때문에 그랬을 거고요. 대학에서도 질문을 잘못하면 내게 점수를 주는 교수에게 찍힐 것 같은 껄끄러움도 있었을 겁니다. 취업해서는 선배나 상사에게 예의 없어 보일 것 같고, 혹여 질의응답 시간이 마련되어도 괜히 나만 엉뚱한 질문을 해서 '창피당할 것' 같다는 걱정이 앞서니 질문이란 좀처럼 익숙해지지 않는 문화겠지요.

질문하지 않으면 어떻게 될까요? 자신의 이야기가 잉태될 기회를 잃거나 잉태되어도 그대로 사장되고 맙니다. 저는 수강을 할 때도, 강의를 할 때도 질의응답을 적극적으로 활용합니다. 돌아보면 확실히 그 시간이 강사도 수강생도 가장 많이 남습니다. 일방적이지 않기 때문입니다. 비로소 내 것이 되어 남는 '메타 데이터'로 쌓이는 것이죠. 그러니 부디 질문하고자 하는 자기 안의 본성을 외면하지 않길 당부드립니다.

질문이 곧 경험입니다. 질문이 곧 주체성입니다. 질문이 곧 이야기의 시작입니다. 글은 작가가 세상에 던지는 질문입니다. 나 그리고 타인을 알아갈 때도, 책을 읽을 때도 '질문'으로 파고들어 가면 좋겠습니다. 처음부터 합리적이지 못하고 엉뚱해도 괜찮습니다. 이 과정이 쌓여 가면서 합리가 이뤄지는 것이니까요.

이 책을 읽고 '작가'가 되고 싶다면 먼저 작가를 재정의하는 작업이 필요합니다. '작가'라는 하나의 벽을 문으로 바꾸는 일이기 때문입니다. 그다음 문을 여는 열쇠가 저는 '질문'이라고 믿습니다. 불편해져야 하고, 관심을 가져야 하고, 조금 더 민감해져야 합니다.

삶의 주제를 무의식에 품어 보세요. 이야기는 거듭하는 질문으로부터 넘쳐서 흘러나오는 게 아닐까 합니다.

지금 저는 온통 글쓰기라는 질문이 가득 차 있는 일상을 살아서 이렇게 글쓰기 책을 쓰고 있습니다. '외로움'이란 질문이 가득 찼을 땐 『사람아, 너의 꽃말은 외로움이다』를 썼죠. 여러분, 글을 쓰고 싶나요? 그럼 이제부터라도 질문하세요!

Tip

질문의 요소에는 관심, 호기심, 저항심, 분노, 후회와 반성 등이 있습니다. 질문하는 법, 감이 잡히시나요? 먼저 솔직해지면 됩니다. 마음이 이끄는 지점과 외부를 의식하는 간격을 좁혀 가세요. 내 안에 일어나는 질문을 외면하지 않는 순간부터 나만의 이야기는 시작됩니다. 잘 사는 인생이란, 아침에 일어날 때 물음표를 찍고 저녁에 누울 땐 느낌표를 찍는 삶이 아닐까요?

Day 2

글쓰기는 공부가 아니고 습관이야

가능한 한 자주 글을 써라.
그게 출판될 거라는 생각으로가 아니라,
악기 연주를 배운다는 생각으로.
— J. B. 프리슬리

작가들의 글 센스는 습관이 8할이다

인간이라면 누구나 글쓰기 능력을 어느 정도 타고납니다. 나를 표현하고자 하는 욕구와 행위는 곧 인간의 본성이니까요. 글쓰기라는 '도구'가 익숙하지 않을 뿐, 기본적인 창의성은 모두의 마음속에 있습니다. 이미 타고났다는 사실. 누가 뭐라 해도 이걸 믿으세요. 이 사실로도 당신의 글쓰기 잠재력은 충분합니다.

타고난 아주 조금의 재능이라도 갈고닦아야 합니다. 아니면 그마저도 쇠퇴하고 말 테니까요. 좋은 방법이 있습니다. 바로 작가들의 습관을 훔쳐보는 겁니다. 글을 제일 잘 쓰는 사람은 작가잖아요? 글을 정말 잘 쓰고 싶다면 작가들의 일상을 들여다보고 응용해 보세요.

물론 모든 방법론이 자신과 맞을 순 없습니다. 프로가 깨달은 방법을 응용하는 것이 핵심입니다. 그들에게서 표면적으로 드러나는 특유의 버릇만으로는 설명할 수 없는 것도 많을 겁니다. 보이지 않는 노력, 환경, 유전자, 행운, 고유한 성향, 결핍과 동기, 비범한 재능 같은 것들이요. 놀라운 사실은 그중 일부가 나에게도 있는 요소들이란 겁니다. 그저 어떻게 작가들의 습관을 내 것으로 적절히 녹여 낼 것인가만 생각하면 됩니다. 자, 그럼 글을 쓰는 작가들의 습관을 살펴보겠습니다.

'상상력' 하면 프랑스 소설가 베르나르 베르베르가 떠오릅니다. 『개미』, 『뇌』, 『제 3인류』, 『고양이』 등 작품 제목만 봐도 범상치 않죠? 그는 어렸을 적부터 '매일 아침 4시간 글쓰기'를 실천해 왔습니다. 인기 작가가 되어 활발히 활동하는 지금까지도 이를 지키고 있다고 합니다. 그는 2016년 내한 당시 JTBC 뉴스룸 인터뷰에서 자신의 글쓰기 습관을 더욱 구체적으로 밝혔습니다.

"16살 때부터 매일 4시간 글쓰기를 해서 훈련이 되었는데요. 아침에 집필을 시작하면 마치 수도꼭지 틀면 물이 나오듯이 글이 써집니다."

"저는 한 번도 아이디어 부족으로 빈 페이지를 앞에 두고 절망해 본 적이 없어요."

이 대목은 살짝 부럽죠? 달리 보면 부러워할 일도 아닙니다. 오히려 재능 하나로만 설명되지 않는 그의 글쓰기 실력에 희망을 얻을 수도 있으니까요. 그는 '온갖 아이디어가 넘치다 보니 무엇을 남기고 무엇을 뺄 것인가를 잘 선택하는 것이 숙제'라고 말합니다. 그렇게 매일 글쓰기를 자신이 정한 아침 시간에 반복하는 거죠. '수도꼭지 틀면 물이 나오듯 쏟아져 나오는 생각들'을 적절히, 좋은 문장으로 빨리 써 내려가는 데에만 골몰할 뿐이라니! 자신이 부단히 터득한 글쓰기 훈련의 결과겠죠. 그는 더 쓰고 싶을 때가 많지만, 그때마다 이렇게 생각한다고 합니다.

'시간 다 됐으니 어쩔 수 없지, 오늘은 스톱!'

맛있는 음식도 과식하지 않는 게 건강에 좋다는 말로 비유하는데, 고개가 끄덕여졌습니다. 단번에 힘을 빼기보단 꾸준히 페이스 조절을 하는 편이 더 나을 테니까요. 물론 작가에 따라서는 정해진 기간에 더 집중하여 원고 작업을 하기도 합니다. 베르나르 베르베르 작가의 습관을 훔쳐본다면 '매일 4시간 쓰기 반복 훈련' 정도가 되겠네요.

Tip

'나는 글쓰기에 타고난 인간이다.'라고 일단 믿으세요. 재능 탓은 이제 그만 하고 재능을 갈고닦는 작가들의 비슷한 습관인 '반복 글쓰기'를 적용해 보는 겁니다. 시간이 없다는 핑계는 No! 시간을 내야 합니다. 어제까지 하던 모든 걸 다 하고서 글을 잘 쓸 수는 없습니다. 기꺼이 글 쓰는 시간을 마련하세요. 매일 글쓰기 1년 후 당신의 글쓰기 실력은 크게 향상되었을 것이라 확신합니다.

얼마 전에 황정은 작가의 북 토크에 다녀왔는데요. 독자가 질문하는 시간에 유독 이 말이 인상 깊었습니다.

"작가님은 평소에 무슨 생각을 하며 사시나요?"

특유의 팬심이 담긴 물음에 작가는 피식 웃고는 답했습니다.

"소설에 대한 생각이요. 쓰고 있는 소설 생각을 주로 해요. 랩톱보다는 데스크톱으로 글을 쓰는데요. 그 책상 앞에 앉기까지가 너무 힘들어서, 그 주변에 제가 좋아하는 물건들을 놓아요. 그리고 책상 앞에 앉도록 저를 유도하는 거죠. 거기 앉으면 쓰게 되니까요."

무척 공감되는 말이었습니다. 글쓰기가 일상인 작가들을 크게 두 부류로 나눈다면 하나는 베르나르 베르베르처럼 책상 앞에 앉아 정한 시간 동안 쓰는 것이 자동화된 습관형 작가. 황정은 작가처럼 책상 앞에 앉기까지가 힘겹지만, 막상 앉으면 무섭게 몰아쳐서 쓰는 몰입형 작가가 있지 않을까 합니다.

다른 작가의 습관도 훔쳐볼까요? 아마 시험 공부를 해 본 분이라면 익숙하게 들어보셨을 말이죠?

'공부는 엉덩이로 하는 것이다.'

책상 앞에 앉아서 집중하는 끈기를 강조하는 말인데요. 과연 글쓰기에도 적용이 될까요? 여기 엉덩이가 아닌 '두 발'로 책상 앞에 서서 글을 쓰는 대표적인 작가 두 명이 있습니다. 『노인과 바다』로 유명한 어니스트 헤밍웨이, 그리고 『자기만의 방』으로 잘 알려진 버지니아 울프인데요. 이들은 책상 앞에 앉지 않고 선 채로 글쓰기를 즐겼다고 합니다. 스탠딩 데스크를 사용한 건데요. 알아보니 장시간 앉아서 글을 쓸 때 허리 등에 부담 가는 걸 예방할 수 있고, 실제로 집중력을 높이는 효과도 있다고 합니다. 역시 대가들의 튀는 행동에는 다 이유가 있네요.

요즘 스타벅스나 엔젤리너스 등의 프랜차이즈 카페에 가면 우드 슬랩 테이블이 있습니다. 다른 테이블에 비해 높이가 높고 의자도 발이 닿지 않아 불편하지만, 콘센트가 가장 많은 자리라 1인 작업자들에겐 단골석입니다. 저는 가끔 이곳에 자리 잡고 서서 글을 쓰곤 합니다. 서 있는 높이를 맞추기 위해 노트북을 책이나 거치대에 올려놓고서 작업하는데요. 꽤 집중이 잘됩니다. 무엇보다 장점은 앉아서 쓰기만 할 때 비해 허리 통증이 좀 덜하니 참고하셔도 좋겠습니다. 작년에 허리통증으로 고생할 때 치료를 받기 위해 병원에 갔는데, 신경외과 전문의 자신도 주로 서서 작업한다면서 이 방법을 추천하기도 했습니다.

또 비슷하지만 조금 다른 사례로 여러 대의 타자기를 방 곳곳에 비치해 두고 돌아다니면서 글을 쓴 무명작가의 사례도 있습니다. 좀 어수선하긴 하지만 괜찮은 방법이라고 생각합니다. 저도 노트북을 여러 대 살 돈만 있으면 당장이라도 그렇게 하고 싶네요.

글쓰기 습관 하면 또 빼놓을 수 없는 작가가 있습니다. 일본 작가 무라카미 하루키인데요. 그는 여러 인터뷰를 통해 자신이 매일 하는 '반복'에 대해 역설했습니다. 하루키의 하루를 살펴보면, 새벽 4시에 기상하여 5~6시간 동안 글을 쓰고, 오후에는 10km를 달리고, 15,000m를 수영하고, 책을 조금 읽은 후 음악 감상을 하고, 저녁 9시에 잠든다고 합니다. 이런 일상에 어떤 변화도 주지 않는다고 해요. 예술적 감수성만큼이나 체력이 중요하다면서 말이죠. 재즈카페 사장 출신인 그가 작가로서 얼마나 치열하게 자기관리를 하는지 엿볼 수 있는 대목입니다. 글쓰기 전에 체력을 키우는 반복 일상을 나름 실천해 본다면 좋겠습니다.

하루키가 조금 독특해 보이나요? 비슷한 작가가 생각보다 많습니다. 마라톤과 수영은 몰라도 '정해 놓은 시간에 반복 글쓰기'를 루틴으로 실행하는 분이 많더라고요. 영화 「찰리와 초콜릿 공장」의 원작자인 로알드 달은 하루 두 번 자신이 정해 놓은 시간에 글쓰기를 매일 반복했다고 하고요. 『변신』으로 유명한 작가 프란츠 카프카 역시 비슷했습니다. 글을 쓰는 당시에 평범한 직장인이었는데 오후 2시에 퇴근해서 3~7시까지 잠을 자고 저녁을 먹고 산책 후 새벽 2~3시까지 글쓰기를 날마다 반복했다고 해요.

2013년에 노벨문학상을 받은 작가 앨리스 먼로는 어린 시절 등굣길을 걸으면서 습관처럼 이야기를 만들곤 했다고 합니다. 스무 살이 되어 결혼한 그녀는 '먼로스 북스'라는 서점을 남편과 함께 운영하면서도 아이 넷을 챙기는 가정주부의 역할을 한 번도 잊지 않았다고 합니다. 글을 쓸 때는 누구보다 몰두한다는 그녀는 아이들이 잠든 시간과 학교에 간 시간 등에 꾸준히 글을 쓰며 무려 14권의 단편집을 발표하고 노벨문학상을 받았는데요. 시간이 없어서, 할 일이 많아서, 육아 때문에 글을 못 쓰겠다는 핑계는 남녀불문하고 대지 못하겠지요.

우리나라에서 글 잘 쓰기로 소문난 유시민 작가도 영업비밀이라며 밝힌 것이 매일 글쓰기 습관이었습니다. 그가 강연이나 인터뷰에서도 자주 언급한 영업비밀(?)이긴 합니다만 「성장문답」이라는 곳에서 한 인터뷰를 발췌해서 소개해 드리겠습니다.

유시민 작가는 글 잘 쓰는 방법을 묻는 말에, 문학적 글쓰기는 타고나야 하니까 아무나 못 하는 거라고 말합니다. 덧붙여 말하죠.

> 생활 글쓰기, 에세이 쓰기는 누구든 할 수 있어요. 그건 근육으로 하는 것이기 때문에.

유시민 작가가 제시한 실천 방법은 수첩을 가지고 다니면서 '30분만 아무거나 글쓰기를 매일 반복'하는 것입니다. 축구를 예로 들어서 이렇게 말합니다.

> 매일 30분 글쓰기를 한다는 것은 매일 러닝을 하거나 단순한 축구 동작을 반복하는 것과 같은 효과가 납니다. 그런 기본적인 '근육'이 생겨야 기술을 구사할 수 있어요.

그러면서 유시민 작가 자신도 이런 식으로 글쓰기를 익혔다고 고백합니다.

제가 이런 기성 작가들의 사례를 소개해드린 이유는 나름이 아닙니다. 저 역시 매일 글쓰기를 통해 여기까지 왔기 때문입니다. 머리말에서도 말씀드렸듯이, 이젠 글쓰기를 아는 것에서 그치지 말고 하는 것으로 바꿔야 합니다. 천천히 잘 따라오신다면 저는 확신할 수 있습니다. 당신의 글쓰기는 사전에 있는 명사가 아닌 일상 속 동사가 되리라는 것을요. 글을 잘 써서 매일 글을 쓰는 게 아닙니다. 매일 글을 쓰기에 글을 잘 쓰게 된 것이지요. 타고난 작가들도 날마다 글쓰기를 실천한다는데, 이제 막 글쓰기를 시작하고자 한다면 마음만 먹지 말고 몸을 움직여 보세요. 뭐든지 그렇습니다. 몰입하면서 노력인 줄도 모르게 미칠수록 실력은 좋아집니다.

매일 글을 쓰면 좋은 점

① 좋은 문장을 '선점'할 수 있다.

② 과거의 내 문장을 보고 '성장'했음을 느낄 수 있다.

③ 나를 '치유'하는 글쓰기가 가능해진다.

④ 실패하거나 불행한 일 앞에서도 '에피소드화'할 수 있다.

⑤ 시간이 지나 어느 시점이 되면 어떤 주제에도 '자신감'이 생긴다.

⑥ 보다 '생산적'인 습관으로 삶이 풍요로워진다.

Tip

헤밍웨이는 "무슨 일이 있어도 매일 쓰도록 하라."고 했습니다. 글쓰기 수업 첫 시간에 저는 강조합니다. "글을 잘 쓰고 싶다면 먼저 쓰는 사람이 되어야 하고, 좋은 글을 쓰고 싶다면 먼저 좋은 사람이 되어야 한다."고 말이죠. 쓰는 사람이 되는 길은 펜을 잡는 수밖에 없습니다. 키보드를 두드리는 수밖에 없습니다. 아직도 막막하다고요? 계속해서 방법을 알려 드리겠습니다.

Day 3

긴장과 이완을 활용해 봐

그 순간 나오는 생각을 적어라.
골똘히 짜내지 않은 생각들이 보통 가치 있다.
— 프랜시스 베이컨

못 쓸 것 같지? 다 쓰게 돼!

제 글쓰기 강의에 오면 누구도 피해 갈 수 없는 시간이 있습니다. 바로 '20분 글쓰기' 시간인데요. 특히 첫 시간에는 수강생들로부터 즉석 자유 주제를 받습니다.

"지금 쓰고 싶은 주제가 있으면 자유롭게 말씀해 주세요."

만만한(예를 들면 요일이나 날씨, 계절 같은) 몇 가지 주제가 나오고, 공통 글쓰기 주제 하나를 정하기 위해 전체 거수투표를 합니다. 그다음에 A4용지 1장 내외 분량의 즉흥 에세이 한 편을 쓰도록 하지요. 이때 저는 20분 타이머를 화면에 띄워 놓는데요. 10분씩 총 2회를 반복합니다. 숫자가 거꾸로 깎여 나가고, 이내 강의실에는 침묵이 시작됩니다.

이렇게 하면 다들 반응이 어떨까요? 처음 보는 사람들 앞에서, 그것도 갑자기 글을 쓰라고 하니 못 쓸 것 같죠? 지금까지 1,000명 정도가 특강에 참여했다고 가정하면, 998명이 이 시간에 실제 글을 써 냈습니다. 나머지 2명은요? 중간에 따님에게서 급한 전화를 받고 나간 어머니 한 분과 지각생 한 분 정도로 기억합니다. 다시 말해 참여도가 아주 높다는 뜻이죠. 당연했습니다. 글쓰기 특강 수강생들의 강력한 니즈(needs)는 '글을 쓰고 싶다.'이기 때문입니다. 20분 동안 겉보기에는 단체로 침묵이 시작되지만, 각자 개인은 자기 자신과 시끌시끌한 대화에 푹 빠지게 되는 거지요.

쓰기만 하는 게 아니라, 쓰고 나서 소리 내어 읽기도 합니다. 방금 자기가 쓴 자기 글을 모르는 사람들에게 공유하는 순간을 체험하죠. 수강생이 음독(音讀)을 끝내면 강사인 제가 코멘트를 해 줍니다. 수강생들에게 용기를 북돋우면서 객관적인 코멘트도 살짝 곁들여 주는 겁니다. 이 때문에 수강생 후기엔 '20분 글쓰기 시간이 진짜 좋았다.'는 의견이 상당수입니다.

글씨가 악필이라서 공개를 망설이는 분들은 있었지만, 글이 부끄러워서 읽지 않겠다는 분은 거의 없었는데요. 이곳까지 온 수강생은 '글을 쓰고 싶다.'라는 마음만 있는 게 아니라, 글을 쓰고 '보여 주고 싶다.'라는 마음도 함께 있기 때문입니다. 모르는 사람들과 함께하리란 걸 다 알고 오니까요. 용기를 내서 자기 글을 읽은 사람은 그 순간 독자가 생기지요. 읽지 않은 사람의 글은 혼자만 보는 글로 영원히 남고 마는 겁니다. 내 글을 공개한다는 용기는 몇 번이고 박수를 받아 마땅하다고 생각합니다.

여기서 중요한 점이 있습니다. 이 글쓰기 체험은 '긴장' 속에서 이뤄진다는 사실입니다. 개인이 혼자서도 충분히 반복할 수 있는 방법입니다. 20분도 좋고, 30분 이상도 좋습니다. 자유롭게 주제를 하나 정했다면 타이머를 켜놓고 그 시간 동안 온전히 몰입해서 써 보세요. 이걸 매일 습관처럼 한다고 했을 때, 분량을 정하고 쓰는 것보다 자기만의 시간을 정해서 얼마나 몰입했는지를 살펴보면 더 좋겠습니다.

분량으로 따져서 A4용지 3~4장을 매일 쓰겠다고 하면 글쓰기 초급자는 버겁습니다. 처음에 어찌어찌 썼다고 하더라도 말입니다. 다음에 백지 앞에서 좌절하며 슬럼프에 빠져 버리면 글쓰기와 멀어지기 딱 좋습니다. 차라리 분량은 A4용지 1장 내외 즈음으로 여유를 두고 시작하는 편이 낫습니다. 처음 1년 정도 습작(글쓰기 연습)을 할 때는 가능한 한 일정 분량을 유지하세요. 글의 질이 나아지면 그때부터 양을 생각하고 쓰길 권장합니다. 일본 메이지대학교 사이토 다카시 교수는 양을 늘리는 것이 즐거워지려면 먼저 "쓰는 힘을 길러야 한다."라고 말했습니다.

그럼 장소는 어디가 좋을까요? 집에서도 할 수 있지만, 카페나 도서관 등 모르는 사람들이 있는 곳에서도 긴장감을 활용할 수 있습니다. 가능하다면 글쓰기 모임도 추천합니다. 괜찮은 글쓰기 모임을 못 찾으면 언제든 저를 찾아오세요.

긴장 속에서 글쓰기를 반복한다는 건 매번 벼랑 끝에 나를 세우는 일입니다. 처음에는 타이머 20분부터 시작해 시간이 지나면 조금씩 늘려 가길 바랍니다. 그럼 베르나르 베르베르처럼 매일 4시간 동안 글을 쓰고, 더 쓰고 싶어도 멈추는 여유가 생기는 날이 오지 않을까요?

머릿속으로 구상을 하고 글쓰기를 시작하는 것도 좋지만, 이렇게 주제만 정한 채 시간에 맞춰 빠듯하게 글을 쓰는 훈련도 좋습니다. 일단 써야 합니다. 쓰지 않고 머리에만 머물러 있다는 건 마치 수도꼭지가 켜질 때까지 흐르지 않는 물과 같아요. 자, 도전해 보세요. 신기하게 써질 겁니다.

글쓰기를 처음 한다는 분들도 모두 해내는 걸 저는 수없이 보아 왔습니다. 저 역시 그렇게 글쓰기를 익혀 왔고요. 자신을 오롯이 글쓰기 시간 속으로 몰아넣는 겁니다. 긴장 속에서 글을 쓸 때 누군가 함께하면 더 좋지만, 여건이 따라 주지 않는다면 혼자서도 충분합니다. 단, 주의해야 할 점이 있습니다. 이때 쓴 글은 처음 쓴 원고, 즉 '초고'라는 점이죠. 어니스트 헤밍웨이의 유명한 글쓰기 어록이 있습니다.

모든 초고는 쓰레기다.

'초고'라는 말에는 반드시 고쳐 써야 한다는 전제가 있습니다. 한 번도 고치지 않고 일필휘지로 완성도 있는 글을 기대하는 건 별로 바람직하지 않습니다. 초고에 만족해서는 안 되고, 차분히 고치고 다듬어야만 하지요. 이건 '퇴고'를 다루는 뒷부분에서 더 자세히 말씀드리겠습니다.

릴랙스 발상법

저는 안도현 시인을 좋아합니다. 시인을 처음 뵀을 때 저는 고등학생이었는데요. 원광대학교 전국고교백일장대회에 학교 대표로 출전한 덕분이었습니다. 그땐 상을 받겠다는 목표 의식보다는 공결 처리를 노리고 학교 수업에 빠지겠단 나름의 꼼수를 부렸습니다. 안도현 시인은 당시 심사위원 자격으로 심사 결과가 정리될 때까지 특강을 잠깐 했는데요. 글을 잘 쓰려면 다음 3가지를 꼭 해야 한다는 내용이었습니다.

"첫 번째는 연애, 사랑하세요. 그리고 두 번째는 (잠시 뜸 들이며 미소) 술을 마셔야 합니다."

장내에 있는 사람들은 대부분 고등학생 신분이었는데 이 말에 모두 깔깔깔 하며 웃었습니다. 물론 고등학교를 졸업하고 자신을 찾아오면 술을 사 주겠다고 덧붙였습니다. 그러면서 절대 혼자 술 먹지 말라고 했습니다. 함께 마시면서 취한 상태에서 이야기를 나눠야 영감이 생기는 법이라고요.

"자, 마지막 세 번째는 책(시집)을 읽으시길 바랍니다."

이 말은 책 『가슴으로도 쓰고 손끝으로도 써라』 서문에도 그대로 나와 있습니다.

안도현 시인이 말한 '절대 혼술하지 마라.'와 일맥상통하는 특강이 또 있습니다. 누군가와 이야기를 나눠야 비로소 생각이 난다는 건데요. 다음은 청와대 연설비서관 출신이자 『대통령의 글쓰기』 저자 강원국 교수의 말입니다.

회사도요. 말이 많이 도는 회사가 있고요. 조용한 회사가 있어요. 100% 전자가 돼야 해요. 이스라엘 유대인들이 왜 노벨상을 받는 줄 아세요? 하브루타, 토론, 아침에 학교 나와서 온종일 떠들어요. 그게 걔네들 교육이에요. 떠들면 생각이 나요. 생각이 나지 않으면 떠들지 못해요. 말이 정리되어야 말할 수 있어요. 말을 하다 보면 생각이 나는 거예요. 여러분이 글 쓰다가 막힐 때 있죠? 주변 친구들이나 사람들한테 말해 보세요. 이런 주제로 글을 쓰고 있는데, 여기 부분에서 막혔어. 그러면 생각이 나요. 적어도 돌아오는 길엔 생각이 납니다. (출처 : 유튜브-다시 배우는 글쓰기)

저도 이 말이 확 와 닿은 경험을 한 적이 있습니다. 저는 온라인 콘텐츠 마케터로 일하다가 퇴사 후 글쓰기 강의를 본격적으로 시작하게 됐는데요. 회사에 다니던 당시 사무실에 있던 다른 사람들은 다 조용했는데, 저와 제 후배는 쉼 없이 떠들어댔습니다. 후배가 잘 받아줘서 거의 제 위주로 떠들었죠.

그런데 상사들은 그리 강하게 제재하지 않았습니다. 이유가 있었는데요. 당시 제가 담당하던 사업이 유통기업의 주부 고객을 사로잡는 마케팅 대행을 하는 거였어요. 대기업 유통사 간 경쟁이 치열한 상황에서 혁신적으로 온라인 카페를 하나 만들었습니다. 과연 언제 적 온라인 카페인가 하는 우려도 컸지만, 요즘은 다 아는 소위 '맘카페'를 그때 크게 하나 기획해서 운영한 셈입니다. 홍보 대행 계약 조건이 유통기업 소비자 중 가장 큰손인 동시에 까다로운 주부 고객들을 만족시킬 콘텐츠를 매일 발행하며 고객관리하는 것으로 기획됐거든요. 저는 운영자 카페지기가 되어 체험단, 이벤트, '맘'들의 정보 채널, 대화 채널(게시판 관리)을 운영하게 된 겁니다.

자연히 아이디어 뱅크가 되어야 하는 숙명이었습니다. 그러기 위해서 정말 자료를 계속 찾고 그와 동시에 후배와 계속 떠들었어요. 그러면 생각이 정리되고 그것이 가치 있는 아이디어로 탄생했습니다. 온라인 이벤트/체험단 기획, 카드뉴스 스토리텔링 등을 할 때 실제로 많은 도움이 되었습니다. 때론 말장난하기도 했고요. 신조어를 남발하기도 했습니다. 콘텐츠를 만들기 위해서 제가 최선을 다해 잘한 일이라면 역시 주야장천 떠드는 일이었습니다. 더 재밌는 건 그렇게 쉴 새 없이 떠들다가도 가끔 또 뭔가 막힐 때가 있었다는 건데요. 그럼 제가 화장실에 다녀오겠다고 후배에게 말합니다. 그때마다 후배는 이렇게 말했지요.

"어서 다녀오세요. 아이디어가 또 하나 나오겠네요."

신기하게도 화장실에 가서 볼일만 보면 막힌 무엇인가가 뻥 뚫린 기분이 들었습니다. 이걸 저는 '이완' 때문이라고 결론 내렸습니다. 사무실 분위기에 개의치 않고 계속 떠드는 것부터 화장실에 가는 것까지 전부 다 이완을 활용하는 거라고 말이죠. 이게 왜 도움이 되는지 자신할 수 있었냐면 집에서도 마찬가지였거든요. 글을 쓰다가 막히면 저는 화장실에 갑니다. 온종일 앉아서 글을 쓰다가 막히는 지점에서 여지없이 화장실로 직행합니다. 혹은 아침저녁에 샤워할 때 자연스럽게 완성형 문장이나 기가 막힌 아이디어가 막 떠올라요. 가끔은 옮겨 적을 수 없는 엉뚱한 것도 튀어나오지만요. 비슷할 때가 전철이나 버스에서 넋을 놓고 '멍' 때릴 때, 몽롱하게 잠들기 직전, 아침에 일어나자마자 비몽사몽 상태, 미용실에서 머리할 때, 혼자서 룰루랄라 산책할 때 등이 있습니다. 이와 관련해서 조금 전에 강원국 교수의 강연을 계속 소개해 드립니다.

> 술 취해서 말할 때 보면 내가 언제 이런 생각을 했지? 좋은 생각들이 아이디어가 막 떠오르잖아요. 그게 평소에는 무의식에서 가지고 있던 생각들을 의식이 계속 검열을 하니까 올라오질 못하는 거예요. 여러분의 무의식은 라이터(writer)예요. 글을 쓰는 사람, 생각을 만드는 사람이죠. 의식은 검열관, 편집자(editor)예요. (중략) 무의식은 누구나 공평하게 있어요. 어떻게 활용하느냐의 차이일 뿐이에요.

'의식은 편집자고, 무의식은 작가'란 말은 스티브 마틴이라는 각본가의 말을 인용한 것으로 보이는데요. 강원국 교수님이 하도 말씀을 잘하셔서 흥미로웠습니다.

저는 술을 거의 마시지 않지만, 술을 마실 때와 비슷한 상황이 있습니다. '홀로 남겨진 새벽 시간'입니다. '새벽 감성'이란 말이 있죠. 사람들은 모든 게 차분하게 내려앉은 새벽 시간이 찾아오면 자연히 감성에 젖습니다. 몸과 마음과 정신이 전부 다 이완되는 시간이죠. 새벽에 쓴 글은 절대 바로 SNS에 올리지 말라는 정설이 있는 것 아시죠? 공개하기 전에 떠오르는 걸 메모해 두는 건 얼마든지 좋습니다. 그 메모를 오전에 맑은 정신으로 다시 읽어 보고 거듭 고쳐 보길 바랍니다.

Tip

긴장을 활용한 글쓰기

20~30분 타이머를 활용해서 글쓰기에 몰입해 보세요. 함께하면 좋겠지만 혼자서도 습관처럼 1년 이상 해 보면 글쓰기 실력이 늘게 됩니다. 단, 적응이 어느 정도 되었을 즈음에 분량과 시간을 조금씩 늘려 가는 것이 포인트입니다.

이완을 활용한 글쓰기

자신의 몸과 마음이 이완되는 상황이나 장소, 시간대를 찾아서 발상에 적극적으로 활용해 보세요.

샤워실, 화장실, 미용실, 전철, 버스, 공원, 카페, 침실, 새벽 시간 등등.

수다도 도움이 됩니다. 글을 잘 쓰고 싶다면 술을 마실 때 '혼술'보다는 누군가와 대화를 나눠 보세요. 이완된 상태에서 마구 떠오르는, 왠지 기발하다고 느끼는 아이디어를 기록해 두기 바랍니다. 정신 차리고 나선 다소 황당하게 보일지라도 건질 만한 표현을 꽤 발견하게 되니까요.

Day
4

자유 주제로 20분 글쓰기

주제 :

제목 :

원칙 :

■ 20분이 지나면 펜을 놓으세요.

■ 시간이 지나 다시 소리 내 읽어 보고 고쳐 보세요.

(타이머 대신 노래가 끝나면 STOP하세요. 약 20분)
♪ 피아노 연주곡 추천 플레이리스트
Andre Gagnon-Les Jours Tranquilles 6:36
Mopianous-Madam Windham Hill 5:50
일기장-꽃이 피는 계절에 1:48
김광민-지금은 우리가 멀리 있을지라도 3:14
나무그늘-위로가 필요한 밤 2:06

Day 5

글쓰기 전에 걸어 봐

티베트어로 '인간'은 '걷는 존재'
혹은 '걸으면서 방황하는 존재'라는 의미라고 한다.
나는 기도한다. 내가 앞으로도 계속 걸어 나가는 사람이기를
어떤 상황에서도 한 발 더 내딛는 것을
포기하지 않는 사람이기를
— 하정우, 『걷는 사람, 하정우』 중

작가들은 왜 걸을까?

어려서부터 우리는 걷기 예찬을 해 왔습니다. 지구는 둥그니까 자꾸 걸어 나가면 온 세상 어린이를 다 만나고 오겠다면서요. 하지만 호기로운 노랫말과 현실은 달랐죠. 따지고 보면 학창시절에 걷기를 권유하는 선생님이 있었던가요? '공부는 엉덩이 싸움'이라면서 괜히 '싸돌아다니지 말고' 책상 앞 의자에 꼼짝 말고 앉아 있는 끈기부터 기르라고만 강조했죠. 강조라 쓰고 강요라 읽게 되는데. 부모님도 그랬어요. 3시간 자면 합격하고 4시간 자면 떨어진다는(三當四落) 전설의 공부 명언만 봐도 천천히 걷는 일 따위는 학생 신분에 사치였습니다.

공부처럼 글쓰기도 그럴까요? 책상 앞에 가만히 앉아 있어야 영감이 날 찾아와 글이 술술 써질까요? 글쓰기는 '엉덩이'로 해야만 하는 건 아니라고 생각합니다. 책상 앞에서 글을 쓰는 그 시간 동안 '글쓰기에 얼마나 몰입했는지' 여부는 중요하겠지만, 오로지 '책상에서만' 글을 써야 한다는 편견은 지금부터 과감히 깨길 바랍니다. 어쩌면 글쓰기를 본격적으로 하기 전까지는 '발'로 하는 거라 말해도 지나치지 않습니다. 그 이유를 지금부터 말씀드리려 합니다.

독일 하이델베르크에 가면 유명한 산책로가 있는데요. 이름하여 '철학자의 길'입니다. 자신의 깊은 사유를 글로 정리해 발표하고, 가르치고 그걸 토대로 논쟁도 하는 사람들. 바로 철학자죠? 그들은 산책을 정말 많이 즐겼다고 알려져 있습니다. 니체는 자신의 저서를 통해 걷기 예찬을 합니다.

> 탁 트인 공간에서 생각하는 것, 인적 드문 산이나 바닷가에서 걷고, 뛰고, 오르고, 춤추는 것이 우리의 관습이다. 그런 곳에서는 길마저 사색에 젖는다.
> —『즐거운 학문』 중

> 앉아서 지내는 삶은 성령을 거스르는 진정한 죄악이다. 걷기를 통해 나오는 생각만이 어떤 가치를 지닌다.
> —『우상의 황혼』 중

오민석 문학평론가는 한 칼럼에서 산책을 성숙한 자아의 행위로 설명했습니다.

> 성숙한 자아는 '보여 주기'보다 '보기'를 좋아한다. '보여 주기'를 통해 가난해

지기보다 '보기'를 통해 풍요로워지기를 원하기 때문이다. '보기'의 여러 가지 예가 있다. 가령 산책하는 것도 좋은 '보기'의 한 예다. 산책의 시간은 소비하는 시간이 아니라 축적하는 시간이다. 산책을 통해 영혼이 풍요로워지는 것은 바로 이 때문이다.

소설가 찰스 디킨스가 만약 지금 시대에 블로그나 유튜브를 한다면 닉네임을 '산책 중독자'라고 하지 않을까 싶은데요. 그는 저작에 열중할 때면 하룻밤에 런던의 어두운 거리를 무려 25km씩 걸었다고 합니다. 실제로 그는 창조성을 증폭시키는 기폭제가 걷기라고 믿었다고 해요. 그의 소설 『크리스마스 캐럴』은 야간 산책의 결실이라고 합니다.

Tip

철학자나 작가들은 걷기를 즐겼습니다. 이제 그들처럼 걸으면서 생각을 정리하고, 가끔은 나만의 감성을 오롯이 받아들여 보는 건 어떨까요?

걷다 보면 글이 시작돼

얼마 전이었어요. 한 수강생이 강의 중 질의응답 시간에 손을 번쩍 들고선 물었습니다.

"직장인으로 살아가면서, 늘 쳇바퀴 도는 일상의 반복인데요. 이렇게 매일 같은 삶을 사는 제가 쓰는 글 역시도 똑같은 주제에 똑같은 표현만 하는 것 같습니다. 더 써 보기도 전에 종종 한계에 부딪치곤 하는데, 이럴 땐 어떻게 하면 좋을까요? 방법이 있을까요?"

제 대답은 간명했습니다.

"일단 전제가 있어요. 우리는 어제와 오늘 그리고 내일까지 단 한순간도 같은 삶을 살지 않습니다. 1분 1초도 같지 않지요. 이 사실을 잊지 말아야 합니다. 모든 게 첫 경험이란 사실 말예요. 곰돌이 푸가 말했잖아요. '매일 행복하진 않지만, 행복한 일은 매일 있다.'고. 푸는 이미 알고 있었던 거예요. 어떻게 바라보느냐에 따라 같은 인생이 완전히 달라진다는 진리를 말이죠.

이를 통해 제가 터득한 방법을 말씀드리면 2가지인데요. 하나는 낯설게 보도록 내 관점을 바꿔보는 것(시선 바꾸기), 다른 하나는 내가 머물던 곳에서 과감히 벗어나는 것(동선 바꾸기)입니다. 퇴사하는 것도 좋고요(웃음). 처음 보는 사람들 가득한 모임에 참가해 보는 것도 좋습니다. 나는 바쁜 현대인이라서 그럴 시간이 없다면? 방법은 있습니다. 늘 같은 걸 바라보더라도 나의 시선을 바꿔 보는 거예요."

글쓰기 책이나 강좌에서 공통으로 말하는 글쓰기 방법의 단골 메뉴가 있죠? '낯설게 보기' 익숙한 걸 새롭게 바라보는 관점입니다. 이제 이론 텍스트로만 치부하지 말고, 일상에 적용해 보면 좋겠습니다. 더 나아가 '제대로 보기'를 해야 한다고 말씀드리고 싶어요.

이창동 감독의 영화 「시」에서 문화센터 강사로 연기한 김용택 시인이 이런 대사를 해요.

> 살면서 몇 번이나 사과를 봤습니까? 수천 번? 수만 번이요? 아닙니다. 우리는 한 번도 사과를 제대로 본 적이 없습니다. 사과를 오래도록 지켜보고, 무슨 말을 하나 귀 기울여 보고, 주변에 깃드는 빛도 헤아려 보고, 그러다 한 입 깨물어 보기도 했어야 진짜 본 것입니다.

우리가 무언가를 본다는 것은? 다른 무언가를 보지 못한다는 말입니다. 가만히 생각해 보면 본다는 것이 얼마나 소중한 일인가요? 그러니 기왕 보려면 '제대로 보려고' 노력해야겠죠. 물론 제대로 본다는 게 시인의 말처럼 쉽지만은 않습니다. 부단한 노력과 훈련이 필요합니다.

낯설게 보기가 아무리 해도 어렵다면 속성으로 훈련하는 방법이 없진 않습니다. 지금 있는 공간이 나에게 익숙한 공간이라면 준비는 끝났습니다. 자, 심호흡하고 눈을 감아 보세요. 그리고 그 공간에 있던 사물을 말로 묘사해 보시기 바랍니다. 그곳이 집이나 학교면 더 좋겠네요. 최대한 많이 말해 보세요. 녹음기를 켜 놓고 해도 좋고, 친구와 함께 게임처럼 해 봐도 좋겠습니다.

그다음 눈을 뜨고 써 내려갑니다. 하나의 사물에만 집중해서 써도 좋고, 발견한 그 자체를 써도 좋습니다. 내가 늘 마주치던 것이 소중한 글감이 될 수 있습니다.

"익숙함에 속아 글감을 잃지 말자."

세상에는 제대로 보고 발견하는 재미있는 방법이 많습니다. '발상의 전환'으로 주체와 대상의 입장을 바꿔 생각해 보는 관점을 박진성 시인은 이렇게 말했습니다.

> "나는 횡단보도를 건너는 고양이를 바라보았다."
>
> 이렇게 쓰지 말고
>
> "고양이는 횡단보도를 건너는 나를 보고 있다."
>
> 이렇게 써 보세요.
>
> (중략)
>
> 대상과 세계의 입장에서 문장을 쓸 때, 바로 그 자리에서 '타자'의 자리가 발생합니다.
>
> –박진성, 『김소월을 몰라도 현대시작법』 중

또 한 가지 방법은 배치를 달리 해 보는 겁니다. 아침에 일어나서 맨 처음 보이는 고정된 것들의 위치를 바꿔 보는 거예요. 가구 배치를 새로 하거나 늘 마주하는 곳에 거울이나 액자 같은 걸 거는 방법도 괜찮습니다. 꼭 거창하지 않아도 좋습니다. PC 모니터 바탕화면이나 인터넷 시작 페이지를 바꿔 보는 방법도 좋겠죠? 스마트폰도 마찬가지입니다. 바탕화면 메인 아이콘 배치만 바꿔도 내 행동 패턴은 달라질 수 있거든요.

노출 빈도에 따라 조금씩 이용 빈도가 달라지고 결국 우선순위가 달라지니까요. 가방에 책 한 권을 넣고 다니면 언젠간 읽게 되고, 메모지와 펜을 넣고 다니면 언젠간 쓰게 됩니다. 첫 시간에도 말씀드렸지만 그게 인간의 본성이에요.

만약 배치를 다시 하기 어려운 것들이라면 어떻게 하냐고요? 그땐 나의 동선을 바꿔 봅니다. 어느 날은 내려야 하는 버스 정류장을 일부러 지나쳐서 종점까지 가 보거나, 늘 차를 타고 출퇴근했다면 단 한 정거장이라도 일찍 도착해 천천히 걸어 보거나 하는 겁니다. 친구를 만나는 장소에 일찍 도착해 내가 아는 길 말고 모르는 길에 들어서 보는 것도 좋습니다. 일상을 여행이 되도록 하는 거죠. 훌쩍 낯선 곳으로 여행을 떠나는 것이 가장 자극적이고 빠른 방법이지만요. 돈이나 시간이 많이 든다면 내 행동반경 안에서 동선을 바꿔 보세요. 익숙한 동선을 바꿔 걸으면서 계절을 느껴 보세요. 자연을 느껴 보세요. 사람들마저 풍경이 되는 순간이 있을 거예요.

"걸으면, 영감을 얻습니다."

3월 말, 일일특강 중 제가 수강생에게 이런 질문을 던졌습니다.

"올해 들어서 진달래꽃이랑 개나리꽃 핀 거 보신 적 있으세요?"

다들 고개를 절레절레 흔들거나 "아니요."라고 답했습니다.

그래서 저는 딱 한마디로 갈음했습니다.

"지금 밖에 피어 있어요!"

저는 보았고 그들은 보지 못했죠. 아니 안 보았죠. 적어도 글을 쓰겠다는 사람이라면 자연으로부터 감수성을 길러 보길 바랍니다. 계절이 바뀌고 하늘색이 바뀌는 걸 예민하게 느낄 수 있길 바랍니다.

저도 처음엔 그냥 걸었습니다. 지금은 프리랜서이지만, 평범한 직장인이던 시절 잊을 수 없는 경험을 한 적이 있는데요. 직장과 무조건 가까운 곳에 원룸을 잡아서 교통비와 식비를 최소화할 심산이었습니다. 그러다가 동네가 익숙해지다 보니 공원 산책로를 관통하는 출퇴근 코스로 바꾸게 되었어요. 장소를 밝히자면 공덕에 있는 경의선 숲길 공원이었습니다.

출근 준비를 부지런히 해서 평소보다 20분 정도만 일찍 출발하면 여유가 생겼습니다. 자동차와 건물은 없고 나무와 꽃, 사람뿐인 공원이라 사진 찍을 거리가 많았죠. 어떤 날엔 벤치에 앉아 분위기 잡으며 책을 읽기도 했고요. 글도 썼습니다. 항상 일찍 사무실에 도착하니 출근하는 상사나 직원들로부터 인사를 '받는' 입장이 되었습니다. 저 같은 게으름뱅이가 근면 성실의 아이콘이 된 건 덤이었죠. 제가 당시 급하게 투입된 인력이었던지라 막상 회사에 가면 정말 허둥지둥 바빴는데요. 이 출퇴근 시간 덕분에 버틸 수 있었습니다. 기다려지더라고요. 기다려지는 시간을 만들면 행복은 저절로 따라옵니다. 버티는 힘이 되니까요.

점심시간에도 식사만 빠르게 하고 산책하러 나가곤 했는데요. 처음엔 잘 몰랐습니다. 근데 시간이 지나니 조금씩 주변 경관이 보이는 겁니다. 꽃이 피고 지고 바람이 불다가 그치는 걸 매일 느낄 수 있었습니다. 점심엔 파랗던 하늘이 퇴근길엔 노을이 지고 야근할 때면 달과 별이 떴어요. 내가 글을 쓰는 게 아니라, 하늘과 바람과 달과 별이 글을 써 주더라고요. 두 발로 걷고 또 걷다가 멈춰서 '멍 때리기'를 반복하다 보니 저도 모르게 글감이 차곡차곡 쌓였습니다. 이성적으로 생각만 정리되는 것이 아니라, 눈물이 나기도 하고, 웃음이 나기도 했습니다. 감성이 폭발하던 그때, 카카오 브런치나 페이스북 등에 글을 매일같이 올릴 수 있었습니다.

여러분이 당장 출퇴근길을 바꾸는 건 현실적으로 쉽지 않을 것입니다. 하지만 쉬는 날 밖으로 나가 걸어 보는 건 꼭 해 보길 바랍니다. 수첩 하나 들고 가도 좋고, 스마트폰과 보조배터리만 가지고 가볍게 산책을 가도 좋겠습니다. 글쓰기 전 걷기, 꼭 해 보세요. 글은 어쩌면 길 위에서부터 시작되고, 책상 앞에서 비로소 마무리되는 거니까요.

Tip

일상이 똑같아서 글도 비슷하다고요? 시선을 바꾸거나 동선을 바꿔 보세요. 낯설게 보거나 익숙한 곳을 벗어나 보는 겁니다. 그리고 걸어 보세요. 어느새 글이 시작되고 있을 겁니다.

Day
6

자유 주제로 사진 찍고 단상 써 보기

Day 7 내가 아는 것으로 글쓰기

고생도 없이 써 갈긴 책은
독자에게 아무런 기쁨도 줄 수 없는
그저 종이와 시간의 낭비일 뿐이다.
— 사무엘 존슨

무엇으로 쓸까?

글쓰기 강의를 하면서 가장 많이 받는 질문 중 하나가 있습니다.

"글을 쓰려면 막상 주제를 정하기가 어려워요."

3일 차에 말씀드린 내용이 "영감을 어떻게 얻으세요?"에 답변이었다면, 오늘은 "주제를 어떻게 정하나요?"의 답변입니다.

"내가 '아는 것'을 쓰세요."

여기서 내가 아는 것으로 쓴다고 했을 때, '아는 것'이란 무엇일까요?

[대답해 보세요: ______________________________]

크게 2가지로 나눠 보겠습니다. 첫 번째는 '나의 경험'입니다. 경험(experience)은 학자에 따라 다양한 정의가 있지만 쉽게 우리가 흔히 말하는 경험을 직관적으로 떠올려 보면 됩니다. 네이버 지식백과에서는 '인간이 감각이나 내성을 통해서 얻는 것 및 그것을 획득하는 과정'으로 정의하고 있습니다. 표준국어대사전에서는 '몸소 겪는 자체이자 그로부터 얻은 것을 말하는 동시에, 감각 작용으로 깨닫게 되는 내용'이라고 합니다.(다 아는 단어라 해도 사전으로 확인해 보는 습관도 하나의 팁입니다.)

우선, 제 경험을 하나 말씀드릴게요. 저는 군산에서 태어나 20년 넘게 살았는데요. 어렸을 적에 다닌 교회 바로 앞에 철길이 있었습니다. 주말만 되면 그곳에서 뛰어놀았죠. 거기에 화물을 실은 기차가 다녔는데, 양쪽에 사람 사는 집이 거의 붙어 있어서 기차 다니는 시간이 되면 일제히 문을 닫곤 했어요. 저에겐 너무나 익숙한 풍경이었기 때문에 한 번도 그곳이 특이하단 생각, 사진을 찍어야겠단 생각을 해 본 적이 없었습니다.

근데 DSLR 열풍이 한창이던 시절부터 SNS 인증사진이 일상이 된 지금까지 군산의 '경암동 철길마을'은 유명 관광지가 되었습니다. 지금은 기차도 다니지 않는데 말이죠. 처음엔 거기가 '핫플레이스'인 줄도 몰랐습니다. 마치 해운대 옆에 사는 주민들이 바다 풍경에 큰 감흥을 느끼지 못하는 것과 비슷하겠죠? 이제 경암동 철길마을은 군산에 놀러 가는 사람들에게 필수 코스가 되었습니다.

통통배를 타고 장항 서천 주변의 돌섬으로 조개를 캐러 갔을 때 했던 경험도 있는데요. 물이 들어오고 빠지는 갯벌에 정박한 배 사진을 찍으면 핸드폰으로 대충 찍어도 작품이 나옵니다. 날씨가 좋은 날엔 파란 하늘과 물 빠진 갯벌과 정박한 배와 조개잡이 하는 사람들의 조화로운 풍경이 가히 예술입니다. 진짜 한 폭의 그림 같아요. 특히 서울 사람들은 그 사진을 보면 어떤 카메라로 어디서 찍었냐면서 놀랍니다. 그들 상당수는 「6시 내고향」이나 예능을 통해 봤거나 '갯벌 체험' 정도 했을 뿐이거든요.

나에겐 언제든 할 수 있는 일상과도 같았던 경험들이 누군가에겐 놀랍고 흥미로운 이야기가 됩니다. 만약 외국인이나 다른 지역 사람이 군산에 놀러 오면 제가 본 풍경이나 경험에 관심을 가질 거예요. 맛집도 그래요. 블로그에 올려진 잔뜩 멋 낸 맛집 광고 포스트보다 군산 토박이가 주로 가는 단골식당, 친구랑 자주 가던 식당, 거래처 직원을 대접하는 식당, 집안 어른 생신에 날 잡고 가족들이 다 같이 모이는 식당이 진짜 맛집이거든요. 내 삶 속에서는 당연한 상식처럼 자리한 것이 어떤 이에게는 독특한 비결이나 새겨 둘 만한 노하우로 들리기도 합니다. 그 정보가 필요했지만 경험을 어디서부터 시작해야 할지 모르는 사람에게 '꿀팁'으로 남는 것이죠.

제가 말씀드리고 싶은 건 하나입니다.

"자기 경험을 무시하지 마세요."

별것 아니라고 생각했던 것이나 내겐 너무나 익숙했던 것이 다 쓸 만한 주제라는 걸 잊지 마세요. 아마 내가 어렸을 적 쓴 일기를 몇 십 년이 지난 지금 보면 새삼스러울 정도로 재미있을 거예요. 지금 쓴 글도 몇 십 년 후엔 마찬가지일 테고요. 그 시절의 내 생각, 내 주변을 둘러싼 환경, 그 나이와 자격에 제한되었던 경험의 기회는 다시 없습니다.

과거의 나야, 고마워!

KBS2 「대화의 희열」이란 프로그램에서 가수 아이유와 작가 김중혁이 나눈 대화가 떠오르는데요. 김중혁 작가가 아이유에게 곡이 먼저 나오는지, 노랫말을 먼저 쓰는지 물었어요. 이 질문에 아이유는 곡마다 다르지만 주로 글부터 나오는 편이라고 답했습니다. 영감의 원천이 꼬박꼬박 쓰는 일기에 있다고 말이죠. 아이유는 떠오르는 상념들을 일기장에 산문으로 써 두고 맞는 곡이 떠오르면 깎아 내고 붙인대요. 이 말에 김중혁 작가가 흥미로운 말을 건네는데요. 잠시 둘의 대화를 소개해 드리겠습니다.

김중혁: 저는 산문을 집필할 때 옛날에 남긴 메모들을 보면서 내가 옛날의 나를 착취하고 있구나 하는 생각이 들어요.

아이유: (공감하며) 과거의 나야, 너무 고마워.

김중혁: 한 인간이 17세와 26세가 있으면 같은 인간인가? 다른 인간일지도 모르겠다는 생각이 들어요.

아이유: 오! 저도 그러는데….

김중혁: 인간은 연속적인 자아가 아니라, 단속적인 자아인 것 같아요. 끊어져 있기 때문에, 예전에 쓴 글을 보고 있으면 건질 게 많아요. 어찌 보면 그건 타인의 글이 아닐까?

이렇게 글을 쓰는 사람들은 과거에 쓴 자신의 글 우물에서 퍼 올리기도 합니다. 글을 쓰는 당시에 꾸밈 대신 그대로의 온전함이 있었다면 누구나 할 수 있을 것이라고 생각합니다.

자, '내 경험으로 글쓰기'를 살짝 실습해 보겠습니다. 퀴즈를 낼게요.

'첫사랑'에 대한 주제로 글을 쓴다고 했을 때, '나의 경험'에 대해 쓴다면?

[대답해 보세요: ______________________________]

첫사랑의 풋풋함, 서투름, 첫 이별의 아픔, 이룰 수 없는 사랑, 학창 시절 선생님 등등 이야깃거리가 많겠죠? 강사인 저는 첫사랑이 주제일 때 무엇을 쓸까요? 저라면 '지금 내 곁에 있는 사람'에 대해 쓰겠습니다. 굳이 과거를 들키지 않을 거예요. 중요한 건 첫사랑보다 마지막 사랑이니까요.(웃음)

재능보다 재료가 중요해

자기 경험으로 글쓰기에 이어서 내가 '아는 것'으로 글을 쓴다고 했을 때, 두 번째는 무엇일까요? '자료(전문 지식 포함)'입니다. 글을 쓰는 재료가 되겠죠?

자 그럼, 똑같이 '첫사랑'을 주제로 글을 쓴다고 했을 때 이번엔 '자료'를 활용해 볼까요? 어떤 자료로 무슨 글을 쓸 수 있을까요?

[대답해 보세요: ______________________________]

첫사랑에 관련한 여러 가지 '통계'를 들 수도 있겠죠. '남자는 정말 첫사랑을 잊지 못할까?'라는 조사를 해 볼 수도 있고요. '첫사랑과 결혼까지 할 확률은 얼마나 될까?'도 재밌겠네요. '우리는 모두 누군가의 첫사랑이었다.'라는 포스터가 인상적인 영화 『건축학개론』을 가져다 글을 쓸 수도 있고요. 제 책장에 꽂혀 있지만 한 번도 펼쳐 보지 않은 러시아 작가 투르게네프의 소설 『첫사랑』을 들어 쓸 수도 있습니다. 그 책표지에 그려진 라일락의 꽃말이 첫사랑, 젊은 날의 추억인데요. 영산홍도 꽃말이 첫사랑이라고 해요. 그러니까 꽃 이야기부터 시작할 수도 있겠네요. 또 어떤 자료가 있을까요? 김동률의 「다시 사랑한다 말할까」라든지 서영은의 「내 안의 그대」 같은 노래도 있겠죠? 그 밖에도 드라마, 공연, 전시, 친구들의 이야기 등등 다 좋은 글쓰기 자료가 됩니다.

여기에서 잊지 말아야 하는 건 바로 글로써 '설명할 수 있어야' 한다는 점이에요. 내가 설명할 수 없는 지식은 '아는 것'이 아니기 때문입니다. 그저 '나 그거 해 봤어.'나 '그거 (들어)본 적 있었는데….'라는 말 이상으론 할 수 없겠죠. 그건 아는 것이 아닙니다. 인지를 뛰어넘은 메타인지가 필요합니다.

메타 인지적 지식(metacognitive knowledge)은 무언가를 배우거나 실행할 때 내가 아는 것과 모르는 것을 정확히 파악할 수 있는 능력이라고 합니다. 인지심리학자인 김경일 교수는 이를 아주 쉽게 말했는데요. OtvN 「어쩌다 어른」이란 강연 프로그램에 나와 방청객에게 질문을 던집니다.

"대한민국의 수도는 어디죠?"

다들 0.1초의 망설임도 없이 "서울!"이라고 외칩니다. 교수는 이어서 이렇게 묻습니다.

"과테말라에서 7번째로 큰 도시 이름은 어디죠?"

이때도 망설임 없이 방청객은 "몰라요."라고 곧바로 말하며 멋쩍은 웃음을 짓지요. 바로 이것이 인간이 인공지능을 뛰어넘는 위대한 특성이라고 역설합니다. 인간은 모른다는 걸 바로 인지하는 데 반해 아무리 뛰어난 인공지능도 입력되지 않은 데이터, 즉 자신이 '모른다'는 걸 탐색하기 위해서는 엄청나게 오랜 시간이 걸린다는 거에요. 김경일 교수는 '모르는 것을 아는 것'이 메타 인지라고 설명합니다.

앞서 3일 차에 예시로 들었던 유대인들의 하브루타가 이 메타 인지를 발달하도록 돕는 아주 좋은 학습법이죠. 우리가 보통 글쓰기를 할 때 주제 선정을 해도 글이 막히는 이유는 내가 알지 못하는 것에 관해 쓰려고 하기 때문입니다. 없는 걸 있는 척하지 말고 내게 있는 것으로 승부를 내야 합니다. 글쓰기는 누군가와 비교하는 경쟁이 아니라, 나 자신과의 싸움입니다. 그렇다면 내가 아는 것, 모르는 것이 무엇인지 확실하게 정리를 해야겠지요.

그걸 알려면? 일단 써 봐야 합니다. 써 보면 압니다. 쓰다가 막히면 주제에 맞는 자료를 조사하세요. 아니면 경험을 글로 보여 줄 수 있을 만큼 쌓일 때까지 시간을 두세요. 그것도 아니면 아는 것으로 다시 소재를 돌리는 방법이 현명합니다. 글쓰기는 타고난 재능만큼이나 재료가 중요합니다.

책 『글쓰기의 전략』(정희모, 이재성)에서 이를 설명하는 좋은 구절이 있습니다.

> 많은 사람들은 글이 마치 천재적 발상을 통해 금방 뚝딱 만들어지는 줄 아는데, 그것이야말로 매우 잘못된 생각이다. 글을 좀 써 본 대부분의 사람들은 글이 머리에서 나오는 것이 아니라 자료에서 나온다고 말한다. 글에서 자료 찾기가 중요하다는 것은 글이 영감이나 천재성으로 되는 것이 아니라 준비나 노력으로 이루어진다는 것을 보여 준다.

꾸준히 쓰면 감각은 길러지지만 자기 안에 축적된 경험과 지식이 없다면 자기복제로 동어반복만 할 가능성이 높습니다. 나의 경험과 자료 활용은 내가 직간접으로 겪고 또 자료를 수집한 결과, 할 말을 정리해 나만의 이야기로 선점하는 작업이기 때문입니다.

Tip

내가 아는 것으로 쓰세요. 나의 고유한 경험은 나에겐 별것 아닐지 몰라도 누군가에게는 재미있는 이야기나 노하우같이 유용한 정보가 되기도 한답니다. 만약 설명하기에 부족하다면 완전히 내 지식으로 흡수해 설명할 수 있을 때까지 자료 조사를 하세요. 유사 사례를 찾을 수 있을 테니까요. 아니면 경험을 더 쌓거나 아예 다른 글쓰기 소재로 과감히 바꾸길 바랍니다.

Day
8

글을 '힙'하게 쓰고 싶다면?

작가로서의 삶을 시작하는 사람들에게
글쓰기 재능을 연마하기 전에
뻔뻔함을 기르라고 말하고 싶다.
— 하퍼 리

잘 쓴 글이란?

우리가 보통 '잘 쓴 글'이라고 말할 때, 바로 떠오르는 공통의 느낌, 분위기, 이미지가 있습니다. 왠지 고상하고, 전문성이 엿보이고, 문법까지 완벽하게 딱 들어맞는 글. 누군가 일필휘지로 썼는데도 무릎을 '탁' 치는 유려함에 위트까지 서린 글. 비유와 상징이 이보다 더 좋을 수는 없는 공감각적인 글 등등. 맞습니다. 모두 정말 잘 쓴 글이죠.

그렇지만 이렇게 '잘 쓴 글'도 있습니다. 한 번 천천히 소리 내어 읽어 보세요. 꼭 '문학 작품'이란 점을 기억하세요.

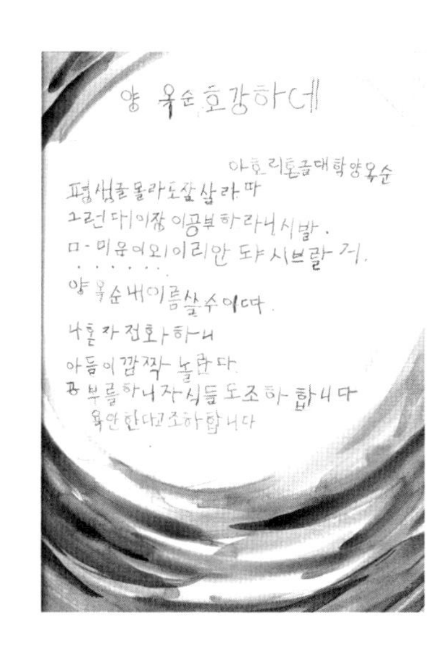

양옥순 호강하네

—아호리 한글대학 양옥순

평생글몰라도잘살라따

그런대이장이공부하라니시발.

ㅁ미음이외이리안도ㅑ시브랄거.

…….

양옥순내이름쓸수이따.

나혼자전화하니

아들이깜짝놀란다.

공부를하니자식들도조하합니다

욕안한다고조하합니다

재미있죠? 수업 시간에 이 시를 수강생이 낭독하면 '시발'과 '시브랄거'에서 웃음이 빵 터집니다. 그리고 마지막 '욕 안 한다고 조하합니다.' 구절에서 또 한 번 터지지요. 글쓰기 강좌에서 '잘 쓴 글'이라며 보여 주니까 더 웃음 포인트가 확실했겠죠.

양옥순 할머니의 이 시를 이미 본 분도 계실 겁니다. 2017년부터 인터넷 커뮤니티부터 온라인 기사까지 꽤 화제가 되었거든요. 이 글은 2016년 12월 17일, 충남 논산의 문화예술회관에서 열린 '어르신 한글대학' 수료식에서 공개된 시입니다. 일주일에 두 번 마을회관에서 운영한

충남 논산 부적면 아호리 한글학교가 글의 출처입니다. 양옥순 할머니 시 말고도 칠팔십 평생을 내내 까막눈으로 살다가 한글을 갓 배워 써 낸 할머니들의 거침없는 작품에 감동과 재미를 느끼게 됩니다.

근데 저는 왜 하필 이 글을 '잘 쓴 글'로 뽑았을까요?

신형철 문학평론가의 칼럼 중에 이를 설명하기에 아주 좋은 글이 있어 가져왔습니다.

> 문학(글쓰기)의 근원적인 욕망 중 하나는 정확해지고 싶다는 욕망이다. 그래서 훌륭한 작가들은 정확한 문장을 쓴다. 문법적으로 틀린 데가 없는 문장을 말하는 것이 아니다. 말하고자 하는 바의 본질에 가장 가까이 접근하는 데 성공했기 때문에 다른 문장으로 대체될 수 없는 문장을 말한다.

우리에겐 '잘 쓴 글'이라고 했을 때 고정된 편견이 있습니다. '좋은 글'은 저마다 주관이 들어갈 수 있지만, 잘 쓴 글은 정의가 딱 떨어집니다. 신형철 평론가의 조언처럼 글쓴이가 말하고자 하는 바의 본질, 작가의 인식에 적중한 글로서 대체할 수 없는 글이 '잘 쓴 글'입니다. 고상해야 하는 것도 아니고요. 반드시 수사가 유려해야만 하는 것도 아닙니다. 문법적으로 완벽하게 흠이 없는 것 역시 아닙니다. 나의 이야기를 고스란히 전달해 낸다면 '잘 쓴 글'이죠. 아울러 독자에게 뭔가(감동, 재미, 정보 등)를 남겨 준다면 금상첨화입니다. 글쓰기는 자기표현의 도구입니다. 이것이 글쓰기의 기본을 이해하는 첫 번째 코스입니다. 쉬운 이해를 돕기 위해서 잠시 미술 작품으로 예를 들어 보겠습니다.

글쓰기란 생각을 보여 주는 거야

자, QR코드를 찍어 보세요. 「과학과 자비」라는 사실주의 화풍의 작품입니다. 수업 시간에 이 낯선 작품을 보여 주고 "누구의 그림일까요?" 하고 묻습니다. "힌트를 드리자면, 여기 있는 모든 분이 다 알 만한 유명 화가입니다."라고 덧붙이지요. 그러면 수강생들이 조심스럽게 답합니다. 미술 시간도 아니고 글쓰기 시간이니 틀려도 무관합니다. 자유롭게 재미로 누구나 퀴즈에 참가하면 됩니다.

"고흐요."

"모네요."

"렘브란트요."

정답은? 피카소입니다. 의외라서 놀랐나요? 피카소가 15세에 그린 작품인데요. 피카소 하면 떠오르는 입체파 화풍의 그림 때문에 정답을 맞히기가 어렵습니다. 뭐, 정답이 중요하진 않습니다. 제가 문제를 낸 이유는 따로 있으니까요. 「EBS 다큐프라임」에서 유치원 아이들에게 인터뷰를 해 봤어요. 흔히 우리가 떠올리는 그런 피카소의 그림들을 보여 주며 "몇 살이 그린 거 같아요?"라고 물은 겁니다. 그러자 아이들은 "4살이요."라거나 "7살이 그린 것 같아요."라고 대답하죠. 각각 그 그림들은 피카소가 81세와 51세에 그린 작품이었습니다. 눈치 챘나요? 피카소는 아이들처럼 그리고 싶었던 거예요. 무언가를 깨달은 겁니다. 피카소가 한 말로 무엇을 깨달았는지 알 수가 있죠.

> 나는 보이는 대로 그리지 않는다. 생각한 대로 그릴 뿐이다.

피카소는 그림뿐 아니라 공예에도 뛰어났는데요. 자전거 안장과 핸들을 분해하고 조립해서 「황소머리」라는 작품을 만들기도 했습니다. 자, 다시 글쓰기로 돌아오겠습니다. 글쓰기도 그림과 마찬가지입니다. 내 생각을 보여 주는 도구이기 때문이죠. 나아가 나의 정신을 온전히 표현하는 도구가 바로 글쓰기입니다. 이것이 독자에게 '전달'되면 '잘 쓴 글'이지요. 언젠가 김영하 작가의 기고 글을 읽다가 이런 말을 발견했습니다.

> 글을 잘 쓴다는 것은 어린이의 마음이 되어 자기 안의 괴물을 만나는 것, 그 괴물을 만나 담대하게 첫 문장을 쓰는 것이다.

양옥순 할머니 작품을 다시 떠올려 보세요. 할머니는 요즘 말로 하면 '포텐(잠재력)'이 터진 겁니다. 할머니가 비로소 글쓰기라는 도구를 만난 거죠. 그중에서도 '시'라는 형식으로요. 저 삐뚤삐뚤한 글씨체 하며, 욕설 하며, 엉망진창인 맞춤법에 띄어쓰기 하나 없는 글 그 자체가 시의 완성도를 더 높여 주었습니다. 한글을 깨우친 화자가 자신의 내밀한 생각으로 만든 이야기를 꾸밈없이 해낸 좋은 사례입니다.

자, 이제 조금은 글 쓸 용기가 생겼나요?

누구나 글을 잘 쓸 수 있어

사실은 우리가 '잘 쓴 글'에 편견을 가지게 된 역사적 계기가 있습니다. 세계에서 거의 유일한 국내 등단 제도 때문입니다. 글 쓰는 '작가'는 아무나 감히 넘볼 수 없는 존재였습니다. 등단 제도의 역사를 보면 신춘문예가 처음 시작된 것은 1914년 말 일제 총독부의 기관지인 『매일신보』에서 '신년 문예 모집' 공고를 내면서부터였다고 합니다. 요즘엔 국제적으로도 출판시장에 작가 발굴을 맡기는 추세라서 등단 제도는 이런 흐름과 맞지 않지요. 독자로서 신춘문예 심사평만 봐도 어려운 말이 많고요. 그들만의 깊은 세계는 의미 있는 작품을 남긴 데 반해, '작가'나 '시인'이라는 말을 감히 쓰기 어렵게 만드는 데도 큰 역할을 했습니다.

하지만 이젠 돈만 투자하면 누구나 책을 낼 수 있는 자비출판이 있죠. 원고만 있으면 얼마든지 책을 낼 수 있는 주문형 자가출판(publish on demand) 등으로 출판마저 쉬워졌습니다. 책 쓰기와 성격은 다르지만 글쓰기 강좌 역시 많이 생겼지요. 높은 관리 행정직에 있던 분들이 낮은 데로 임하시어(?) 낸 『유시민의 글쓰기 특강』, 『강원국의 글쓰기』와 같은 책이 스테디셀러를 기록하고 있고요.

여기까지 오는 데는 결정적인 흐름이 있었습니다. 스마트폰 보급률이 세계 1위인 우리나라(미국 퓨 리서치가 27개 국가에서 조사한 결과)에 SNS 시인이라는 하나의 '현상'이 등장했죠. 급속도로 짧은 글을 올리는 일이 유행을 타고서부터는 전용 앱도 생기는 등 글쓰기 접근성이 꽤 좋아졌습니다. 자칭 작가, 시인이라고 하면서 온라인에 아무나 글을 공유하는 현상은 예전을 생각하면 통쾌하기까지 합니다. 무엇보다 누구나 글을 쓸 수 있다는 희망과 동기가 되어 준 면에서는 좋은 흐름이란 생각이 듭니다. 간혹 기본을 건너뛰는 사태가 일어나지만 그걸 바로잡는 역할이 바로 저 같은 글쓰기 강사가 하는 일 아니겠어요?

글을 잘 쓴다는 것보다 더 중요한 게 있다면 좋은 글을 쓰려는 태도라고 생각합니다. 더 정확하게 말하면 잘 썼는데 좋기까지 한 글을 쓰는 거겠죠. 두려워할 것 없습니다. 함부로 쓰라는 말은 아닙니다. 엄두조차 내지 못할 건 없다는 거죠. 글쓰기는 누구나 할 수 있고, 잘 쓸 수 있습니다. 내 생각과 이야기를 글에 담아 드러내세요. 글을 잘 쓴다는 건 더는 거창한 일이 아닙니다. 일단 써 보세요. 한글을 깨우치고서 처음 쓴 할머니의 시처럼 '포텐(잠재력)'이 터질지도 모르잖아요?

Tip

글쓰기는 자기표현의 도구입니다. 잘 쓴 글에 대한 고상한 편견은 접어 버리세요. 내 생각과 정신을 전달하는 글쓰기는 등단 작가만의 전유물이 아닙니다. 그보다 말하고자 하는 본질에 적중하도록 하는 데 집중하세요. 자신 있게 시작하길 바랍니다. 독자가 있는 글을 꾸준히 쓴다면 누구나 '작가'니까요.

Day
9

이것만 하면 나도 명언 제조기

생각하지 말고 일단 써라.
종이 위에서 생각하라.
— 해리 케멜먼

인생 is 뭔들, 사랑 is 뭔들

걸그룹 마마무가 불렀던 노래 중 「넌 is 뭔들」 이란 노래가 있습니다. '내가 좋아하는 너'니까 아무래도 상관없다는 뜻이죠. 제목 참 센스 있게 잘 짓지 않았나요? 좋아하는 마음이 듬뿍 담겨 있어 제목만 들어도 괜히 설렙니다. 이 제목처럼 나름의 정의(definition)을 내리는 '○○ is ○○'을 응용해 보면 글쓰기 기초발상법으로 확장할 수 있습니다.

제가 몇 년 전부터 글쓰기 수업 마지막 시간에 공개한 영업비밀 중 하나입니다. 지금부터 독자 여러분께 공개하겠습니다. '문장 만들기 기초 마스터'라고 그럴듯하게 이름을 붙여 보았습니다. 이것만 하면 누구든 명언을 만들 수 있습니다. 예문을 보여 드릴게요.

인생은 자전거를 타는 것과 같다. 균형을 잡으려면 움직여야 한다.

–알베르트 아인슈타인

여러분도 자전거 타 본 적 있죠? 저 명언이 아인슈타인만 할 수 있는 말일까요? 아인슈타인이 유달리 천재라서요? 아닙니다. 우리도 다 할 수 있습니다. 그냥 자전거를 타면서 '인생이란?' 하고 물음을 툭 던져 본 겁니다.

또 이런 말도 있습니다.

인생이란 폭풍우가 지나가기를 기다리는 게 아니라, 빗속에서도 춤추는 법을 배우는 것이다.

–비비언 그린

멋있죠? 누구나 멋지게 만들 수 있는 문장입니다. 나라고 왜 못 만들겠어요? 한 번도 안 만들어 봤을 뿐이죠. 그냥 막 던져 보세요. 그리고 근거를 찾아보세요. 이해(accept)만 가면 됩니다. 생각하고 쓰기보다 일단 아무거나 빈칸을 채워서 대입해 본 다음에 말을 만들어 보는 거예요. 지금 내 눈앞에 보이는 사물도 좋고, 동식물도 좋아요. 명사나 동사, 형용사 아무거나 다 골라 보세요.

이걸 수업 시간에 실습으로 하면, 한 사람도 빠짐없이 다 합니다. 중·고등학생 글쓰기 특강에서도 시도해 봤고, 대학생이나 직장인, 연세가 많은 어르신들에게도 시도해 봤는데 다 멋지게 잘 해냈어요. 단 몇 분만에 말이죠.

여러분도 해 보세요.

[나에게 인생이란? : ______________________]

인생뿐만이 아닙니다. '사랑'을 넣어 보아도 좋아요. 다른 개념을 넣어서 문장을 만들어도 좋습니다.

'사랑이란 ○○과 같다. 왜냐하면 ○○이기 때문이다.

○○이 (더) 좋다. ○○이니까.'

이런 식으로 습작해 보세요. 시도해 보면 뭐라도 나올 거예요.

Tip

○○이란 ○○이다 습작 요령

'나에게 ○○이란 ○○과 같다. 왜냐하면 ○○이기 때문이다.'

'○○은 ○○이 아니라, ○○하는 것이다.'

'○○이 ○○이라면, ○○은 ○○이다.'

'○○은 ○○보다 ○○이 더 중요합니다.'

(*○○ 빈칸 글자 수는 두 글자가 아니어도 무관합니다.)

소설가 공지영의 앤솔로지 책 제목이 『사랑은 상처를 허락하는 것이다』인데요. 제가 즐겨 인용하는 말입니다. 저는 이보다 더 사랑을 정확히 표현하진 못하겠어요. 여기서 '사랑'을 저는 '관계'라는 말과 동의어로도 씁니다.

제 인간관계는 가족을 제외하고 절친 1명, 여자친구 1명, 그리고 몇몇 오랜 지인이 전부거든요. 인간관계로부터 오는 피로도를 줄이고 살아야 제 삶이 여유로워진다고 생각해서요. 30대 이후로는 쭉 이렇게 살아왔습니다. 단, 이들에게만큼은 제 '상처'를 기꺼이 허락했습니다. 제가 사적으로 자주 이야기 나누는 사람들을 더 늘리지 않고 인맥을 최소화하는 이유는 명확합니다. 상처받고 싶지 않아서예요. 근데 관계 속에서 상처를 안 받을 수 있겠어요? 가까울수록 상처는 불가피하잖아요. 몇 번을 곱씹어 봐도 명문장이라고 생각해요.

이런 맥락에서 제가 쓴 아포리즘 글귀가 있는데요. '좋은 인연'이라는 글입니다.

> 더 가까워질 수 없는 사람들은 딱 그만큼의 좋은 인연인지도 몰라.
>
> –『문장의 위로』 중

인연에 대한 정의이자, 더 가까워질 수 없는 사람들을 정의한 단상이죠. 짧지만 많은 분이 지금도 좋아해 주고 저를 기억해 주는 글이에요.

문장은 선점하는 겁니다. 누구나 이 발상법으로 습작하다 보면 명문장이 탄생할 테니 꼭 실습해 보세요.

Tip

말장난, 언어유희, 말꼬투리 잡기, 박명수 어록처럼 속담 비틀기, 라임 맞추기, 펀치라인 만들기 등으로 명언을 꾸준히 습작해 보세요. 모두 글쓰기 발상 훈련에 좋은 습관입니다.

Day
10

1단계(발상)—
자유롭게 쏟아 내 봐

제대로 쓰려 말고 무조건 써라.

— 제임스 서버

글쓰기에 순서가 있다면?

제가 생각하는 글쓰기 순서는 크게 4단계로 나뉩니다.

1단계 : 쌓아서 자유롭게 쏟아 내는 '발상' 단계

2단계 : 글답게 추려 쓰는 '정리' 단계

3단계 : 독자를 의식하는 '퇴고' 단계

4단계 : 보여 주고 살펴보는 '피드백' 단계

오늘부터 단계별로 하나씩 설명해 드리겠습니다. 먼저 누구도 의식하지 않고, 공개하지 않고 자유롭게 쏟아 내는 '발상' 단계, 1단계입니다. 이 발상 단계를 설명하기 위해서는 우선 본질적인 질문이 필요합니다. 우리가 글쓰기를 하는 이유와 목적, 글쓰기 강좌나 책을 보면 언제나 맨 처음 나오는 '왜 쓰는가?'의 물음입니다.

'○○하기 위해 쓴다.'는 건 미래를 염두에 둔 목적 동기이고, '○○이기 때문에 쓴다.'는 건 과거의 경험으로부터 생성된 이유 동기입니다. ○○에 들어갈 답변으론 여러 가지가 있겠죠. 저는 고대 그리스 철학자 소크라테스의 말에서 힌트를 얻었습니다.

반성하지 않는 삶은 살 가치가 없다.

인간이 동물이나 인공지능보다 나은 점을 말할 때 빼놓지 않는 하나가 '자기반성'을 할 줄 안다는 점입니다. 반성의 도구로 삼기에 글쓰기는 아주 좋습니다. 미래의 가치 있는 삶을 위해 현재의 나를 마주하고, 과거의 나를 반추해 보는 도구이기 때문이죠.

우리 인생에도 오답 노트가 필요합니다. 인간의 욕심은 끝이 없고, 늘 같은 실수를 반복하니까요. 시행착오는 남녀노소 지위고하 막론하고 불가피합니다. 인생 최고의 멘토는 과거의 나를 돌아볼 줄 아는 자기 자신입니다. 반성할 줄 안다는 건 바둑에서 하는 복기처럼 돌이켜 더 나은 수를 학습한다는 거니까요.

그런데 글을 쓰는 동기가 '반성'뿐일까요? 이번엔 시인 윤동주의 「서시」 중 한 구절을 읽어 보겠습니다.

별을 노래하는 마음으로 모든 죽어 가는 것을 사랑해야지.

우리는 살아간다고 말하지만, 사실 모두 죽어가고 있지요. 이 세상에 소멸하는 것, 나와 내 주변 모든 것이 그렇습니다. 사람, 자연, 동식물도 심지어는 사물도, 정신까지도 내 곁에 모든 건 떠나가고 사라집니다. 그것을 포착하고 발견하고 이야기하고 기록하고 보듬는 미션이 인간에게 있다고 생각합니다. 이는 단지 이슈를 만들거나 추억하는 것을 넘어 작고 큰 역사가 되어 남습니다. 인문적 태도라는 게 막 위대한 무언가가 아니잖아요. '죽어가는 것을 사랑하고 실천하는 마음'이 인간의 교양이고, 본성이며 인간다움(humánĭtas) 아닐까 합니다. 이 태도와 관점을 가지고, 발상 단계에서 자유롭게 쏟아 내면 됩니다.

일기는 일기장에, 에세이는?

요즘 SNS를 보면 꽤 많은 분이 날것의 자기감정을 나열하는 텍스트에 그친 경우가 많습니다. 일기는 일기장에 쓰라는 말이 괜히 나온 게 아니죠. 일기를 '굳이' 공개하고 싶다면 나만의 일기가 아니라 모두의 일기여야 합니다. 예를 들면 이런 겁니다. 가수 자이언티의 「양화대교」 탄생 비화를 그의 인터뷰에서 들은 적이 있습니다.

> 노랫말을 일기처럼 쓰고 싶었어요. 근데 말 그대로 '일기 같은 가사라서' 이 정도로 대중에게 사랑받을 줄은 몰랐던 곡입니다.

'행복하자, 아프지 말고'는 전 국민의 표어 같은 노랫말이 됐지요? 단순하지만 간결하고 사적인 감정이지만 정리된 감정이라 모두의 일기로 남을 수 있었습니다. 모든 사람의 아버지 직업이 택시 드라이버가 아님에도 우린 노랫말에 공감하지요. 각자 사연을 대입해 보기 때문입니다.

1단계(발상)는 말 그대로 글쓰기의 첫 단계라 나만 아는 단계입니다. 나만 보는 단계입니다. 어쩌면 일기보다 더 날것인 상태이기도 하죠. 막연히 추상적인 구상이기도 하고, 상상, 망상, 혼잣말에서 그칠 때도 있습니다. 흩어져 있는 메모 글귀도 여기에 해당합니다. 중간 핵심 문장이나 마지막 결론을 '막연히' 떠올리는 단계이기도 하죠. 자료(재료)를 수집하고 취재를 하거나 글의 콘셉트를 잡기도 합니다. 말 그대로 제대로 쓰는 단계가 아니라 무조건 쓰는 단계입니다. 낙서도 되고 베껴 써도 되고 비틀어 변형시켜 봐도 됩니다. 반드시 글의 형태가 아니라, 글로 이어지기 전에 그림이나 사진, 음악 그 밖에도 뭐든지 구상을 대신 할 수 있어요.

이 1단계 과정에서 바로 독자에게 글을 공개한다는 건 지양해야 할 정도가 아니라 때론 위험합니다. 필터링을 전혀 하지 않은 날것의 감정이기 때문입니다. 그래서 더 자유롭습니다. 이땐 머리를 싸매는 완성형 원고를 쓰지 않아도 되기 때문이죠.

글을 완성하는 건 3단계(퇴고)로 미뤄 두세요. 3단계에서조차 완벽(Perfect)을 지향하지 않습니다. 1단계, 2단계를 거쳐 추구해야 하는 건 완성(Finish)에 있습니다. 우리가 글쓰기를 두려워하는 이유는 1단계부터 완벽한 글을 쓰지 못한다는 자괴감의 문제입니다. 그걸 떨쳐내는 건 그저 글쓰기를 지속함으로써 글쓰기에서 해방되는 수밖엔 없습니다.

Tip

글쓰기 1단계는 혼자 쏟아 내는 발상 단계입니다. 어떤 누구도 의식하지 말고 자유롭게 관찰하고, 상상하고, 끄적이세요. 사진으로 남겨도 좋고, 그림을 그려도 좋고, 녹음을 해도 좋습니다. 자료를 무작위로 스크랩해 놓거나 막연한 콘셉트를 잡아 보는 것도 이 과정에 해당합니다. 이런 형식에 구애받지 않고 자신만의 방법으로 발상 단계를 즐기세요. 충분히 즐긴 다음에 정리하는 2단계로 넘어가야 골라 쓰는 나름의 재미가 있습니다.

Day 11

2단계(정리)—
글답게 정리해 봐

정리는 뭘 버리느냐가 중요한 게 아닙니다.
뭘 남기느냐가 더 중요해요.
— KBS 드라마 「당신의 하우스 헬퍼」 중

정리하는 방법

자, 자유롭게 쏟아 내는 1단계 발상 단계에서 2단계로 넘어가 보겠습니다. 2단계는 한마디로 '글답게' 추려 쓰는 '정리' 단계입니다. 개념만 이해하면 실행은 어렵지 않을 거예요.

'글답다'는 말이 무엇일까요? 여기에서는 이렇게 정의하겠습니다. 흩어져 있던 자료, 생각, 추상적인 콘셉트를 글이란 최소한의 틀 안에 정리하면 '글다워진다'고요. 매일 글을 쓰는 사람은 이 1단계 자유로운 '발상'과 2단계 글답게 만드는 '정리'가 어느 정도 훈련이 되어서 점점 속도가 붙습니다. 다음 단계로 넘어가는 시간이 줄어드는 거죠. 단, 글을 이제 막 쓰기 시작했다면 조급해하지 말고 하나씩 자연스럽게 해 보길 바랍니다. 2단계 정리 요령은 다음과 같습니다.

추상적인 발상을 '손에 잡히는 것'으로 바꿔 보세요.

막연한 구상이나 이미지라면 그걸 글로 설명해 보는 겁니다. 키워드라면 구체적 사례나 인용(연구 결과, 심리·경제 법칙, 어록, 속담, 명대사, 책 속의 한 줄 등)을 들어 보는 것이죠. 또한 정의하거나 이름을 부르거나 묘사해 보세요. 완벽하지 않아도 됩니다. 2단계까지는 독자를 의식하지 않아도 된다는 점을 기억하세요. 글로 쓰는 작업이 어렵다면 먼저 말로 충분히 해 본 후에 그걸 다시 글로 옮겨도 좋습니다. 이렇게 하면 서론-본론-결론이나 기-승-전-결과 같은 글의 기본 형태가 갖춰지게 됩니다. 이때 글로 정리하는 것의 기본은 글과 말의 차이를 아는 건데요. 비언어 없이 오직 글로만 이해되어야 하기 때문에 독자가 읽었을 때 그림이 그려질수록 좋습니다. 한눈에 보면 다음과 같습니다.

말	글
시작하는 순간부터 주워 담을 수 없음	글을 공개하기 전까지 퇴고가 가능
즉각적인 리액션과 피드백이 있음	첫 번째 독자인 나 자신의 객관화 필요
비언어(몸짓, 목소리, 표정) 등과 동반	비언어 없이 오로지 텍스트로 전달되어 콘텍스트로 해석됨
질문을 받아서 내용을 보충할 수 있음	보충 설명이 필요 없이 글로써 완결되어야 함

예시, 비유를 들어 보거나 인용해 보세요.

구체성을 띤 예시는 독자가 생각할 여지와 메시지의 여운을 남깁니다. 간접적인 사례를 들어 독자가 직접 느끼도록 하는 것이죠. 자신만의 고유한 경험을 이야기로 풀어내 보거나 유명인의 예화, 특정 인물의 말

인용, 사전적 정의, 자연의 사례 등을 가져오면 직접적인 문장보다 효과적입니다. 비유법 활용은 여러 가지가 있지만 대표적으로 직유법, 은유법, 의인법, 대유법 등이 있는데요. 다음과 같습니다.

인생은 마치 마라톤과 같다.(직유법)

인생은 마라톤이다.(은유법)

인생이 내게 말했다.(의인법)

요람에서 무덤까지(대유법)

두괄식이나 미괄식, 양괄식을 적용해 보세요.

두괄식은 머리 두(頭) 자를 써서 핵심 문장을 초반에 배치하는 형식을 말합니다. 결론을 앞에 배치해 놓고 뒷받침 문장으로 이어가기 때문에 온라인 글은 흔히 두괄식이 많이 보입니다. 독자들이 엄지로 쓱쓱 넘겨가며 헤드라인 위주로 읽는 편이라 그렇습니다. 미괄식은 꼬리 미(尾) 자를 써서 두괄식과는 정반대 개념인데요. 서사를 더 강조하고 싶다면 초중반에는 복선이나 힌트를 주고 마지막에 결론으로 글을 매듭짓는 미괄식도 좋습니다. 양괄식은 말 그대로 머리와 꼬리 양쪽에 배치하는 형태입니다.

선택과 집중을 해 보세요.

특강 중 20분 글쓰기에 참여한 수강생들에게서 공통으로 나타나는 '기법'이 하나 있습니다. '의식의 흐름(자동기술)' 기법인데요. 발상 단계에서 정리 단계로 넘어가는 가장 날것의 원고가 바로 이런 모습이 아닐까 합니다. 대개는 두서가 없거나 결론이 모호합니다. '그래서 뭐 어쩌라고? = So What'의 부재가 보입니다.

이제 막 글쓰기를 시작해 훈련이 미처 안 된 입문 레벨의 글은 발상 단계와 정리 단계의 사이 어디쯤 있습니다. 이것이 선택과 집중을 해야 하는 이유입니다. 정확히 어떤 주제를 말하고 싶은 건지, 할 말을 정리하는 단계이지요. 좌절하거나 부끄러워할 일은 아닙니다. 이것조차 모르는 사람보다는 앞선 출발선에 있는 셈이니까요. 오히려 날것의 초고는 '잘 쓴 초고'입니다. 어쭙잖게 다듬어진 초고는 손대기가 참 애매하거든요.

퇴고 단계에서의 '선택과 집중'과는 결이 조금 다릅니다. 도서관 책장에 비유하자면, 널브러져 있던 책을 책장에 단순하게 꽂아 넣는 작업을 정리 단계로 볼 수 있습니다. 도서관 분류 기호에 따라 구분해서 뺄 것은 빼고 바꿀 것은 바꾸는 작업이 이다음 퇴고 단계에서 이뤄진다고 보면 됩니다. 정리할 땐 그저 가지런히 놓기 위한 목적으로 내가 처음 정한 '주제'에 맞게 글의 '구색을 갖춰 보는 것'에만 집중하면 됩니다.

숫자를 활용하세요.

뭔가 정리가 어렵다면 글로 정리하기 전 숫자를 매겨 보세요. 첫째, 둘째, 셋째처럼 나열하거나 중요도, 필요도와 같은 우선순위를 매겨 보세요. 1, 2, 3, … 이렇게 매겨 본 다음에 하나씩 문장으로 옮기면 가지를 뻗어 가니 차츰 정리되고 문단이 됩니다.

질문을 던져 보세요.

무슨 내용을 쓰려고 했는지 첫 번째 독자로서 묻는 겁니다. 논리가 맞는지도 살펴봐야 하고요. 그래서 독자에게 주는 메시지가 뭔지도 봐야 합니다. 여기서 '독자'란 불특정 다수인 남을 염두에 두는 게 아닙니다. 우선 단 한 사람, 나를 설득해야 합니다. 첫 번째 독자인 나를 설득하는 작업은 정리 단계에서 한 뒤에, 퇴고 단계로 넘어가야 좋습니다. 세상의 기준에서 질문을 던지는 것이 아니라, 지금 내 상식과 상황, 철학을 포괄하는 나의 세계를 기준으로 최대한 스스로 설득할 수 있는지 점검해 보길 바랍니다.

What?(무슨 말을 하려고?)

Why?(왜 그래야 하는데?)

So What?(그래서 뭐 어쩌라고?)

이 질문은 제가 대학 시절에 「글로벌 인재」라는 장학 프로그램에 참여했을 당시 '프레젠테이션 수업'에서 교수님이 몇 번이고 강조한 내용입니다. 그중에서 So What이 없다는 피드백을 받은 이후로 제 글과 제 강의안에는 So What이 분명하게 보입니다. 그리고 이 질문은 퇴고 단계에서도 유효합니다.

『150년 하버드 글쓰기 비법』이라는 송숙희 저자의 책에도 독자가 궁금해하는 순서로 나와 있으니 참고해도 좋겠습니다.

So What이 중요한 이유는 하나입니다. 사람들은 영양가 있는 글을 좋아하기 때문이죠. 감흥이나 얻을 수 있는 무언가(인사이트)가 남아야 합니다. 독자가 글을 읽기 위해 기꺼이 시간을 할애했기 때문입니다. 우리가 재미없는 영화를 봤을 때도 푯값보다는 시간이 아까운 것처럼요. 내가 쓴 글을 선택한 독자에 대한 최소한의 예의이자 글쓴이로서의 책임입니다. 반드시 교훈적으로만 마무리하라는 말은 아니니 오해는 마세요. 중요한 건 '시간을 채워 주는 글'이어야 한다는 점. 다음 김영하 작가의 말을 새겨 둘 필요가 있겠습니다.

> 고대 그리스의 수사학 학교에서는 좋은 연설에 다음 세 가지가 필수적이라고 가르쳤다. 사람들을 감동시키든가 웃기든가, 아니면 유용한 정보를 줘라.

정리 단계는 '내가' 독자에게 '하고 싶은 말'을 글로 간추리는 차례입니다. 그다음 퇴고 단계에서는 그것이 '내가 해도 되는 말'인지, '이 시점에서 하면 좋을 말'인지, '어떤 독자를 염두에 둘 것인지' 등을 살펴보면 좋겠지요.

재구성해 보세요.

글을 보여 주지 않아도 됩니다. 누군가와 대화해 보는 건 주제와 질문만 있으면 되거든요. 무거운 토론이 아니라, 가벼운 수다도 좋으니 부담 가지지 않길 바랍니다. 그럼 생각지 못한 지점에서 '재구성'이 됩니다. 나 혼자서 하는 내부 세계의 반응과 달리 외부 세계의 반응으로부터 새로운 핵심을 추출하게 됩니다. 기존에 생각한 구조를 해체하고 결합하고 제거하고 간추리는 작업이죠. 그럼 독자가 해석하게 되는 콘텍스트(텍스트 해석에 유용한 맥락, 이론, 관계, 환경, 사실 등)가 이 과정에서 분명해집니다. 생각과 주장, 용어, 신념은 물론이고 내가 이 글에서 어떤 사람인가 등이 서서히 드러나게 되는 거죠. 메시지(내용)만큼이나 메신저(말하는 사람)도 중요하다는 걸 스스로 깨닫게 될 것입니다.

Tip

1단계 발상에 이어 2단계 정리를 할 때도 독자를 의식하지 않아도 됩니다. 발상 단계에 쏟아 놓은 것을 글이란 형식에만 맞추는 데 주력하면 그만입니다. 방 정리나 설거지도 할수록 느는 것처럼 2단계 정리도 마찬가지입니다. 우리는 이미 많은 프로의 글을 보아 왔기 때문에 글의 형식을 감각적으로 알고 있습니다. 알고 있는 상태에서 글쓰기를 이제껏 하지 않았을 뿐입니다.

Day 12

3단계(퇴고)—이제 독자를 의식해 봐

자기 자신만을 위해 글을 쓸 뿐
누가 뭐라고 하든지 신경 쓰지 않는다고 호언하는 작가는
허풍쟁이에 불과하며
자신은 물론 독자를 속이고 있는 것이다.
— 프랑수아 모리아크

퇴고가 뭔 말?

자유롭게 쏟아 내는 1단계 발상, 그걸 간추리는 2단계 정리를 거쳐, 드디어 독자를 의식하기 시작하는 3단계입니다. '퇴고(推敲)'는 '글을 여러 번 생각해서 고치고 다듬는 일'을 말합니다. 강의를 하다 보면 수강생 중 꽤 많은 분이 '탈고(脫稿)'와 개념을 헷갈리시는데요. 탈고는 '원고 쓰기를 끝마친 상태'를 일컫습니다. "장장 7년에 걸쳐 대하소설을 탈고했다."처럼 쓸 수 있습니다.

그럼 어떻게 해서 퇴고는 지금의 의미가 되었을까요? 한자를 뜯어 보아도 '글을 여러 번 생각해 고치고 다듬는다.'는 의미가 전혀 없는데 말입니다. 먼저 퇴고의 유래부터 살펴보겠습니다.

자, 이미지를 떠올려 보세요. 여기는 당나라 수도 '장안' 거리입니다. 우리가 흔히 '장안의 화제'란 말 하지요? 당시 장안은 세계에서도 손꼽힐 규모의 인구 100만 명에 이르는 수도였기 때문에, 무슨 일이 일어나면 화제성이 컸다는 의미에서 '장안의 화제'란 말이 생겨났다고 합니다.

바로 그런 '장안' 거리에서 역사적인 두 명의 인물이 만납니다. 한 명은 당나라의 문장가로 이름을 날리면서 조정 대신의 벼슬을 지내던 시인 '한유'이고요. 다른 한 명은 매우 가난하고 과거시험에도 번번이 낙제했지만 늘 참신한 시를 쓰던 시인 '가도'입니다. 이들이 그냥 만났으면 다행인데, 가도가 그만 한유의 수레에 꽝하고 충돌해 버립니다. 한유의 시종이 가도에게 부딪친 이유를 묻자, 자초지종을 이렇게 말합니다.

"아유, 큰 실례를 범했습니다. 제가 골똘히 시를 짓다가 그만…."

가도는 시를 읊으며 마지막 구절을 '스님은 달 아래 고요히 문을 미는구나(승퇴월하문-僧推月下門)'라고 할지, '스님은 달 아래 고요히 문을 두드리는구나(승고월하문-僧敲月下門)'라고 할지 고민하다 사고가 난 것이라 고백했습니다. 당대 문장가였던 한유는 이를 가만히 듣고 있다가 흥미롭게 생각하여 가도와 시구를 가지고 토론을 하기에 이르는데요. 한유가 이런 조언을 해 줍니다.

"내 생각엔 '미는구나(퇴)'보다는 '두드리는구나(고)'가 더 좋겠네."

가도는 결국 '두드리는구나'로 결정했습니다. 이 둘은 이 사건 이후 함께 시를 짓는 친구-시우(詩友)가 되어 오래오래 행복하게 살았다는(?) 전설 같은 이야기입니다. 이제 아시겠죠? 여기에서 '밀 퇴(推)' 자와 '두드릴 고(敲)' 자를 쓴 퇴고가 유래했습니다. 얼마나 치열하게 고민했으면 수레와 부딪칠 정도였을까요? 글 쓰는 이가 글 한 편을 완성하기까지의 진중한 태도를 말해 주는 좋은 일화입니다.

근데 여기서 한유는 왜 '밀다'가 아니라, '두드리다'로 조언한 걸까요? 추정컨대 아마도 그 이유는 문을 벌컥 밀기 전에 두드리는 것이 최소한의 에티켓인 데다, 두드림으로써 뭔가 새로운 이야기가 시작된다는 상상을 발휘해 시 전체의 분위기상 조금 더 적합한 표현이라고 여겼기 때문이지 않을까 합니다. 이제 '퇴고'라고 하는 개념을 기억하시겠죠?

발상하고 정리하는 시간보다 퇴고하는 시간이 훨씬 길어야 합니다. 글을 잘 쓰는 사람은 잘 고치는 사람입니다. 몇 번이고 거듭해서 고치고, 고치고 또 고치고 집중해서 다듬는 작업이 아무리 지겹더라도 글 쓰는 사람이라면 응당 해내야 하는 겁니다. 제가 최근에 대형 전시 소개 글 작업에 참여하게 되었는데요. 여자친구에게 카톡으로 몇 번이고 퇴고한 걸 보여 주었습니다. 여자친구는 처음에는 세상 친절한 리액션으로 진지하게 피드백을 하더니 결국엔 폭발해서 이렇게 말했습니다.

"아니 무슨 글쓰기 강사라는 사람이 몇 번을 고치기만 해요? 팍팍 한 번에 안 떠오르나?"

사실 고치는 과정까지 누구에게 잘 보여 주진 않죠. 여자친구가 글쓰기에 이해가 부족했다기보다는 작가가 아니라면 알 수 없는 과정을 노출한 저의 잘못이었습니다. 본래는 작가인 제가 감당해야 하는 몫인 거니까요. 대형 전시다 보니 처음 호흡을 맞춰 본 기획팀의 입맛에도 맞아야 하는 동시에 관람하는 대중이 보았을 때도 직관적이어야 했습니다. 에세이 글은 중간에 누구한테 보여 주지 않아도 끝까지 쓸 수 있지만, 전시 소개 문구 작업은 장르가 달라서 객관화하는 작업(관람객의 눈)이 필요했는데, 이런 가독성을 판가름하는 객관성은 주변 사람들에게 피드백을 받는 게 제일 효과적이거든요.

객관화가 안 되면 이렇게라도 붙잡고 몇 번이고 물어봐야 하는 게 맞습니다. 대부분의 작가는 혼자 치열하게 자신과 싸움을 하며 스스로 닦달합니다. 솔직히 얼마나 힘들고 귀찮겠어요? 대한민국에서 손꼽히는 문장가인 김훈 작가는 탈고해서 출판사에 넘긴 글은 "다시는 쳐다보지 못하겠다."고 고백합니다. 글을 넘길 때는 나름대로 최선을 다했다고 생각했는데도 막상 다시 보려 하면 "내가 이것밖에 못 썼나?" 하는 생각이 든다며 강연이나 북토크에서 몇 차례 밝힌 바 있는데요. 그렇게 글을 잘 쓰는 김훈 작가조차도 이런 생각을 한다는 건 이미 지긋지긋하게 보고 또 보며 치열한 퇴고 작업을 했기 때문이겠죠?

퇴고는 선택이 아니라 필수입니다. 글쓰기는 충동과 의욕으로 시작해서 고통과 치열함을 지나 보람과 반성으로 맺어지는 기나긴 여정입니다.

퇴고 체크리스트 & 실전 꿀팁

이제 퇴고 단계에서 활용하면 좋은 퇴고 체크리스트 겸 실전 활용 팁을 공개하겠습니다. 이미 터득하신 분도 참고하면 좋겠습니다.

☑ 퇴고 과정에서 반드시 '한국어 맞춤법/문법 검사기'를 돌려 보자.

- 검사기를 돌리는 것이 결코 퇴고의 끝이 아니란 걸 명심하세요.
- 홈시어터를 '안방극장'으로, 신경 끄기의 기술을 '신경 쓰지 말기의

기술' 등으로 순화하는 맞춤법 검사 결과는 유연하게 넘어가면 됩니다.

- 발상-정리 단계에서부터 맞춤법이나 문법을 너무 신경 쓰지 않길 바랍니다. 3단계 퇴고에 양보하세요.

☑ 저작권 위반 사항은 없는지 살펴보자.

- 저작물은 저자 사후 70년까지 유효합니다.
- 법제처 국가법령정보센터(law.go.kr/법령저작권법) 사이트에서 확인할 수 있어요.

☑ 뭔가 흐름이 어색하다면 앞뒤 순서를 바꾸거나 과감히 삭제해 보자.

- 앞뒤 문단의 순서를 바꾸는 작업만으로도 신선한 느낌이 들 거예요. 하지만 과감히 삭제하는 용기도 필요하답니다. 글쓰기를 시작한 지 얼마 되지 않는 분들은 문장이 아까워서 쉽사리 지우지 못하는데, 실제로 그 문장만 떼어서 보면 좋지만 전체 문맥의 흐름으로 보아 맞지 않으면 삭제해야 합니다. 단, 아깝다면 삭제한 문장을 모아 두는 폴더를 따로 관리할 것을 권장합니다.

☑ 제목과 도입부가 매력적인지 살펴보자.

- 글은 독자가 읽지 않으면 소용없지요. 읽고 싶어지는 제목과 도입부인지는 기성 작가들의 글을 많이 읽어 보면서 감각을 길러 보세

요. 처음에는 자꾸만 시도해 봐야 합니다. 개성 있는 자기만의 스타일도 있지만 독자 타깃을 염두에 둔다면 통용되는 유행도 기획의 차원에서 참고해 보면 좋겠습니다.

☑ 주술호응이 잘되어 있는지 확인해 보자.

• 주어와 서술어가 맞지 않을 때, 주어나 목적어가 생략되어 있진 않은지, 복문에서 각각의 주어와 서술어가 상응하는지를 살펴봐야 합니다. 가령, '우리 집 뒷산에는 새와 다람쥐가 지저귀고 있다.'라는 문장의 경우, 새는 지저귈 수 있지만 다람쥐는 지저귈 수 없으므로 주술호응 관계가 맞지 않는 문장이 됩니다. 새라는 주어는 지저귄다는 서술어를 쓸 수 있지만, 다람쥐라는 주어는 도토리를 먹고 있거나 나무를 타고 있다 등의 서술어가 맞겠죠?

☑ 인터넷에서 찾은 자료는 반드시 교차 검증을 하여 문제의 소지가 없는지, 사실이 맞는지 체크해 보자.

• 팩트 체크는 가짜뉴스나 유명인의 말실수에만 하는 것이 아니라, 글을 쓸 때 자료를 검증하는 것에도 해야 합니다. 출처 검증은 생략한 채 복사+붙여넣기를 하다 보면 실제 출처는 지어 낸 허구인데, 실화이거나 연구 결과라고 하는 실수를 범하기 쉽습니다.

☑ '~다.'로만 끝난다면 '~까?', '~인데', '~라서', '~가?' 혹은 '명사'로 끝내기 등으로 바꿔 리듬감 있게 활용해 보자.

• 글도 노래처럼 리듬과 호흡이 중요합니다. 계속 '~다.'라고만 끝나면 딱딱하게 읽히기 쉬우니까요. 다양하게 리듬을 살려 끊어 주면 좋습니다.

☑ (컴퓨터로 썼다면 출력해서) 소리 내어 읽어 가며 고치고 다듬어 보자.

• 요령이 있습니다. ①소리 내어 읽는다. ②호흡이 길면 끊어 간다. ③불필요한 부분은 삭제한다. 이 3가지만 행하면 됩니다.

☑ 글의 방향을 잃었다면 제목을 정해서 길을 찾아보자.

• 주제는 처음에 정하되, 제목은 꼭 처음부터 쩔쩔매며 정할 필요까진 없습니다. 다만 제목은 글의 이정표 역할을 해 줍니다. 중간이나 끝에 적절한 제목이 생각났다면 제목을 정한 후에 다시 처음부터 읽어 보면서 삼천포로 빠진 건 빼거나 고치면 됩니다.

☑ 문장을 쓰다가 막혔을 때는 따옴표를 활용해 보자.

• 생각이나 구분, 강조 등을 할 때 주로 쓰는 '작은따옴표'나 대화문과 인용구에 주로 쓰는 "큰따옴표"를 사용하면 문장의 흐름이 뻥 뚫리는 효과가 있습니다.(작가 스타일에 따라 따옴표가 아닌 형태로도 씁니다.)

☑ 사전을 찾아가며 낯선 어휘뿐만 아니라, 내가 사용한 익숙한 개념까지도 적절하게 사용되었는지 확인해 보자.

- 익히 아는 단어도 사전적 의미나 유래, 어원을 살펴보면 더 정확하게 구사할 수 있습니다. 또한 중복 어구를 사용하는 실수를 줄일 수 있습니다.

☑ 정리되지 않은 최초의 감정은 아닌지, 누군가에게 상처가 되진 않을지 곱씹어 보자.

- 글쓰기에서 퇴고 단계는 누군가를 의식하는 첫 단계입니다. 날것의 감정은 충분히 익혀야 합니다. 글은 칼과 같아서 누군가를 찌를 수도 있고, 마음을 다지게 할 수도 있습니다.

☑ '을, 를, 의, 것, 들, 적, 화, 성, 경우, 부분' 등을 과하게 사용하고 있다면 다듬어 보자.

- 이건 익숙해질 때까지 퇴고 단계에서 의식해야 합니다.

☑ (소재, 흐름, 표현에서) 상투적이고 구태의연한 클리셰를 쓰진 않았는지 점검해 보자.

- 보통 막장 드라마라는 걸 보면 클리셰가 극단적으로 많이 나오죠. 사랑하는 연인이 집안끼리 원수지간이거나 유전자 검사를 합니다. 재벌 2세와 억척스럽게 사는 사람이 만나 환상적인 로맨스를 펼치죠. '다람쥐 쳇바퀴 굴러가듯' 같은 다소 진부한 표현도 클리셰라고 합니다.

☑ 수식어나 수사법을 한 문단에 너무 남발하진 않았는지 살펴보자.

- 글쓰기를 처음 시작하는 분들이 어려움과 두려움을 느끼는 이유는 잘 쓰는 것처럼 보이고 싶기 때문입니다. 힘을 빼면 수식어나 수사법도 줄어듭니다.

☑ '~할(될) 수 있는 / ~하(되)고 있는'은 '~하는'으로 가능한 한 다듬어 보자.

☑ '~것 같다.'라는 표현은 내 이야기를 할 땐 특히 자신감이 떨어져 보이니 지양하자.

- 내 이야기에서는 '~다.', '였다.' '~인 듯하다.' '~라고 생각한다.' 등으로 바꿔 써 보세요. 버릇처럼 쓰는 거라면 퇴고 단계에서 의식해야 합니다.
- 단, 예외로 남의 이야기를 쓰거나 먼 미래의 일을 예측할 땐 '~것 같다.'를 쓰는 경우도 있습니다.

☑ 행위자 자신이 하는 행동은 '시킨다.'는 표현보다는 '한다.'라고 표현하는 편이 더 바른 표현입니다.

☑ 짧은 카피처럼 임팩트 효과를 주고 싶다면 명사 활용을 영어의 2형식으로 하거나 도치법을 사용하거나 숫자를 활용해 보자.

- 2형식의 대표적인 예가 '사람이 먼저다.' 같은 식의 문장입니다.

- 도치법은 '당신을 사랑합니다.'를 '사랑합니다, 당신을.'처럼 쓰는 식의 문장이지요.
- 숫자를 활용하는 것은 '○가지 방법', '○단계', '○법칙', '베스트○○', '○○행사 ○○명 참가' 등 보는 이로 하여금 각인시키는 효과가 있습니다.

☑ 독자에게 남길 것이 무엇인지 핵심 메시지가 집중되어 있고 So What이 명확한가?

- '무슨' 내용인지 말하고, '왜'인지 이해시키고 'So what(그래서 어쩌라고)'이 하나의 메시지(one-message)로 담겨 있으면 가장 좋은 PT. 글도 마찬가지입니다.

☑ 조사, 부사는 줄이고, 대체 가능한 번역 어투, 한자어, 외래어는 최대한 우리말로 바꿔 보자.

- 유시민 작가는 나쁜 글을 바로잡는 '백신'으로 이오덕 선생님의 『우리말 바로 쓰기』를 권장했습니다.

가만히 보아야 고칠 게 보입니다. 다시 보아야 다듬어집니다. 김연수 작가는 퇴고할 때, 자신의 원고를 처음부터 끝까지 필사한다고 합니다. 여러분도 퇴고하는 시간을 가볍게 생각하지 않았으면 합니다. 독자의 시간을 생산적으로 만드는 작가의 몫을 잊지 마세요.

Day
13

4단계(피드백)—다른 사람에게 글을 보여 줘

글을 쓰기 전에는
항상 내 앞에 마주 앉은 누군가에게
이야기를 해 주는 것이라고 상상해라.
그리고 그 사람이 지루해
자리를 뜨지 않도록 설명해라.
— 제임스 패터슨

솔직한 피드백이 글발을 키워

우리는 글쓰기 수업 시간에 '일기 쓰기'를 배우지 않습니다. 일기의 독자라고 하면 미래의 나만 독자로 염두에 두면 되니까요. 따라서 일기는 날짜를 기록하는 기본 형식 정도만 갖추면 얼마든지 자율로 쓰면 됩니다. 글쓰기 수업에 문을 열고 들어왔다면 '누군가 보는 글, 남에게 공개하는 글, 독자가 있는' 글쓰기를 배우고자 할 거예요. 그래서 앞서 치열하게 퇴고하기를 강조한 것이고요.

저는 작가로서, 글쓰기 강사로서 확신합니다. 내 글이 한 단계 발전하기 위해 불가피한 작업은 '공개' 후 '피드백'이라고 말입니다. 내가 다른 사람 글을 보고 피드백하는 것도 포함해서 말이죠. 솔직히 잘 쓰려고만 하니까, 아니 잘 쓴 것처럼 '보이고' 싶으니까 자꾸만 부끄러운 거고, 자꾸 비교하니까 열등감에 빠지는 겁니다.

정말 작가가 된 후에는 부끄러움에 몸서리치고, 부담도 이만저만이 아니게 됩니다. '책을 내면 비로소 보이는 것들'이 있습니다. 작가가 되기 전까진 오히려 자유로운 입장이지요. 비슷한 예를 들어 보겠습니다. 가수가 아닌 사람이 음 이탈을 했을 때 우린 관대합니다. 그가 끝까지 완창한다면 노래를 최선을 다해 즐기는 모습에 박수를 보내기도 하지요. 하지만 가수가 같은 음 이탈을 한다면 어떻게 될까요? 질타를 받거나 냉정한 평가를 받게 됩니다.

글쓰기를 잘하고자 마음은 먹었는데, 글 공개는 망설이는 분께 말씀드리고 싶습니다. 지금이 가장 창피를 무릅쓰고 내 글을 보여 줄 '절호의 타이밍'이니 꾸미지 말고 힘을 뺀 지금 내 글쓰기 실력(상태) 그대로를 공개하면 좋겠습니다. 노래할 때도 힘을 빼야 자기 목소리를 낼 수 있는 것처럼 글도 같습니다. 가능한 한 상태 그대로 드러날수록 좋습니다. 적어도 글쓰기 수업에서는요. 이미 잘해서 온 게 아니라, 부족하지만 지금보다 더 잘 해내기 위해서 온 거잖아요.

만약 글쓰기 수업을 듣기 어렵다면 혼자서라도 4단계 피드백을 꾀해 보세요. 수업이 아니더라도 방법은 얼마든지 있습니다. 블로그를 자체적으로 운영하거나 자기 SNS 채널에 꾸준히 글을 올리거나 글 올리는 커뮤니티 게시판 등에 발행하는 겁니다. 누군가에게 상처만 주지 않는다면 글을 공유하는 자격은 통과입니다.

Tip

제가 자주 추천하는 시작법(詩作法) 책인 안도현 시인의 『가슴으로 쓰고, 손끝으로도 써라』 130쪽에는 이 피드백이 아주 신랄하게 잘되어 있습니다. 초등학교 6학년 여자 아이가 쓴 동시 「가을맞이」라는 시를 요목조목 따져 물은 건데요. 비록 시이긴 하지만 피드백의 정수를 보여 줍니다. '내가 쓴 글을 이렇게 객관화하는 것'이란 기본 자세를 깨달을 수 있을 것입니다. 제가 여기에서 스포일링을 하는 것보다 안도현 시인의 피드백은 기회가 되면 꼭 찾아보고 '나라면 어떻게 피드백했을까?' 하고 객관화 작업을 체험해 보면 좋겠습니다.

내 글을 공개하면서 돌아오는 반응으로 감각을 익히게 됩니다. 이때 누군가의 피드백에 상처받아 무너지지 않아야 합니다. 누구라도 좋으니 돌아오는 평가나 칭찬을 감수하는 자세로 객관적이고 냉정한 피드백을 요청하길 바랍니다. 비판이라면 대안도 함께 달라고 하면 좋습니다. 독자의 피드백을 염두에 두면 혼자 볼 때보다 흥미로운 내용을 쓰기 위해 더 노력하는 '청중효과(audience effect)'도 작용합니다.

저도 그렇게 글쓰기를 익혔습니다. PC통신 세대가 막을 내리고 막 지금의 인터넷 세대로 넘어 올 무렵부터 창작 글을 공유하는 온라인 게시판에 글을 올리기 시작했는데요. 지금 생각하면 너무 부끄러운 시와 수필, 습작 소설을 올리기도 했고 노랫말을 지어 올리기도 했습니다. 지금부터 제 '실화'를 말씀드릴게요. 그때 얼마나 호기로운 기세였는지, 작사가 조은희, 작곡가 김형석, 방시혁과 같은 그야말로 대가들에게 게시판이나 메일로 제 글이 어떤지 봐 달라고 해서 피드백을 받았습니다. 그분들은 정작 기억하지 못하겠지만, 저는 어제 일처럼 생생합니다.

참고로 작사가 조은희 씨는 가수 박상민 씨의 「해바라기」나 김종국의 「한 남자」 등 수백 편의 노래가 저작권협회에 등록된 분입니다. 작사가상도 몇 차례 수상한 바 있고요. 프로듀서 겸 작곡가 김형석 씨는 「나는 가수다」 심사위원도 했던 분이지요. 김건모, 조성모, 김조한 등 많은 가수의 노래로 1,000곡이 훌쩍 넘는 곡의 저작권료를 받는 분입니다. '히트맨' 방시혁 씨는 이제 BTS의 아버지로 불리니 모르는 분이 거의 없겠지요.

저는 '미쳐' 있었던 게 분명합니다. 이런 분들로부터 '평가'받기보단 속내는 '인정'받고 싶었던 거죠. 각각 미니홈피, 메일, 온라인 카페, 홈페이지 등을 이용해 제 글을 봐 달라며 요청했고, 실제 위에 언급한 모든 분으로부터 피드백을 받았습니다. 결과가 궁금하신가요? 제가 지금 작사가가 아니라는 것으로 그 결과를 짐작할 수 있겠지요.

그때 저는 글쓰기가 너무 신나고 재미있었습니다. 초·중·고·대, 심지어 군대에서까지 글을 써서 상을 받아 봤으니 재미있을 수밖에요. 처음 무언가에 도전했는데 잘한다고 인정받으면 자연스럽게 그것을 좋아하고 재미도 느끼게 되잖아요? 초반에 칭찬을 받으니 좋았던 겁니다. 저는 좀 더 나아가서 이걸(저작권 등록)로 돈 많은 백수가 될 수는 없을까 하며 '작사'라는 분야로 철없는 도전을 이어간 겁니다. 그러다가 이 현직 프로들이 보내준 피드백 중 공통적인 지점을 발견하게 되었습니다.

'표현하는 재능은 탁월해 보이나 다양한 장르와 작사 형식의 이해가 필요하다.'

'아, 더 이상 작사가는 내 길이 아니구나.' 하고 그로부터 얼마 후에 곧바로 미련을 접었습니다. 장르를 크게 벗어나지 않고 매일 똑같은 곡만 반복해 듣는 제 취향이 작사가라는 직업의 자질에는 맞지 않았던 것이죠. 작사라는 형식에 타고난 이해도가 떨어져 어떻게든 스펙트럼을 넓히지 않으면 대중의 마음을 흔들기엔 역부족이었던 겁니다. 그러나 저는 끝내 고집을 꺾지 않았습니다.

여전히 가장 좋아하는 뮤지션이지만, 특히 그 당시에는 '신성우' 노래만 전곡을 무한 반복해서 들었으니까요. 우선순위를 바꾸지 않으면 변화는 없다는 걸 알았음에도 변화의 끈을 놓은 것입니다. 겨우 한 번뿐인 인생이니 내가 더 좋아하는 걸 따른 거죠. 요즘엔 이를 두고 '덕질'이라고 하고, 그런 사람인 저를 '덕후'라고 일컫습니다. 신성우 형님이 제 이름을 아시고, 공연이 끝난 뒤엔 연락이 닿으면 얼굴도 보는 사이니 가히 '성덕(성공한 덕후)'이기도 합니다.

이제 작사가 말고, 제 시나 수필을 올려서 독자들의 댓글이 달리는 곳을 찾아 나섰습니다. 지금 네이버 블로그의 전신인 '네이버 마이홈'을 한껏 꾸며서 게시판을 개설해 글을 올리기도 하고, '좋은생각' 홈페이지에 있는 글쓰기 게시판을 이용해 필명으로 올리기도 했습니다. 인정받기 위해 적극적으로 나선 것이지요.

전문가가 아닌 사람에게 보여 줘도 좋을까?

저는 어렸을 적에 부단히도 제 콘텐츠를 누군가에게 보여 주고, 인정받고 싶어 했습니다. 독자들의 공통적인 피드백을 얻을 수 있었습니다.

"동영님의 글을 보면 느낌은 좋은데, 너무 어려워요."

"글이 난해하네요. 멋져 보이긴 하는데."

"무슨 말인지 잘 모르겠어요. 그래도 올려 주시는 글 잘 보고 있습니다. 건필을 빕니다."

한마디로 제 글이 어렵다는 피드백이었습니다. 솔직히 어린 마음에 저는 이렇게 생각했어요.

'내 글 수준이 높아서 이해하지 못하는 거야.'

말도 안 되는 소리였습니다. 그렇다면 진작 빛을 보지 않았을까요? 깊이가 있는 글일수록 읽기 쉬워야 잘 쓴 글입니다. 그때 제게 무엇보다 필요한 건 '자기 객관화'였습니다.

마치 액자나 시계를 벽에 걸 때, 누군가 몇 걸음 물러나서 "어 왼쪽, 왼쪽을 조금 올려 봐. 오른쪽으로 조금 기울어졌어."라고 말해 주는 것처럼 말입니다. 그렇게 봐 주는 사람이 있는데도 내 고집대로 비뚤게 못을 박아 버린다면 어떻게 될까요? 그게 예술적인 작가 고유의 '스타일'이 될 수도 있습니다. 그럼 다행이지만, 만약 '기본을 무시하는' 거라면 좀 곤란하지 않을까요? 자기 한계로 남을 테니까요.

글이 어렵다는 댓글이 자꾸 달린다면 앞으로 나의 적절한 태도는? '너희 수준이 낮아서 그래.' '난 이생에서 글쓰기란 틀렸어.' 같은 게 아닙니다. 자기만족에 취하거나 아니면 괜히 주눅 들거나 상처받을 필요도 '전혀' 없습니다. 자존감이 낮아진 상태에서야 그럴 수 있겠지만, 오래 끌면 바람직하지 않으니까요.

빠른 회복을 꾀해야죠. 내가 잘하는 것을 반복해 성취할 때가 자존감 회복에 가장 좋습니다. 그럴 땐 글을 쓸 때도 새로운 도전보다는 내가 자신 있는 글을 다시 쓰거나 인정받았던 그 순간을 떠올리며 자신감을 얻으면 됩니다. 동시에 내 부족한 점을 있는 그대로 받아들이면 되는 겁니다. '잘하는 것도 있으니까 부족한 것도 있는 거야.' 내 기분이 좋아지는 긍정일기를 써도 되고요. 후기를 가볍게 올려도 좋습니다. 누군가에게 정보 제공을 해 준 뒤에 긍정 댓글이 달리거나 공유가 되면 자존감이 올라갑니다.

자존감을 회복했다면 다시 냉정한 자기평가로 돌아오세요. 객관화는 '의문'을 가지는 겁니다. 어렵게 쓰진 않았는지, 잘못된 표현은 아닌지, 더 적확한 표현은 뭐가 있을지, 논리 구조가 맞는지, 그럴듯한 수사법 남발에 메시지가 가려져 있진 않은지 등을 살펴봐야 하죠.

만약 자꾸 어렵게 써지고 꾸미려고만 하는 것 같다면 '중학교 2학년 학생'에게 말하는 걸 염두에 두고 쓰면 한결 나아집니다. 정 안 되면 나와 친한 친구를 가상 속에 캐릭터화해서 내가 할 말을 전한다고 상상하면서 써 보세요. 단지 글로 옮길 뿐이라고요. 혼자 종이에 대고서 끙끙대는 것보단 한결 나아질 겁니다.

Tip

독자를 고려할 때 '중학교 2학년 학생'을 염두에 두고 쓰면 아무래도 한자어나 전문 용어를 최소화하게 되겠지요? 더 쉽게 쓰려면 글에서 드러나는 하나의 메시지가 '중학교 2학년 학생이 할머니께 설명했을 때 알아들을 정도'면 더 좋습니다.

이런 피드백의 중요성을 역설할 때마다 수업 시간에 매번 받는 질문이 하나 있습니다.

"선생님, 제 글의 피드백을 전문가에게만 받아야 하는 걸까요? 친구들에게 받아도 되는 걸까요?"

친구들에게 받아도 됩니다. 저는 원고를 집필할 때 비전문가인 여자친구에게 카톡으로 보내 놓고 여자친구가 읽는 시간에 다시 보며 고치기도 합니다. 그럼 바짝 긴장되거든요. 이것이 왜 가능한지 쉬운 예를 들어 말씀드리겠습니다.

전에 MBC에서 「나는 가수다」라는 프로그램이 있었습니다. 프로 가수들끼리 누가 누가 잘하나 하는 서바이벌 포맷이었죠. 대한민국에서 노래 잘 부른다는 가수는 거의 다 모여서 겨루니 시청률이나 파급력이 대단했습니다. 프로 가수들에게 그때그때 무대를 마칠 때마다 순위가 정해지고, 다음 무대에 설 자격까지 정해졌습니다.

거기서 누가 심사를 했나요? 전문 심사위원도 심사평을 했지만, 그들에게 순위를 매기고 심지어 탈락까지 시키는 결정적인 권한은 방청객들에게 있었습니다. 방청객이 투표한 결과는 곧 시청자 대다수가 공감하는 결과이기도 했습니다. 방청객들은 전문가가 아니지만, 이미 피드백할 수 있는 기준을 갖춘 '대중'인 거죠. 사연을 구구절절 보내 방청객 심사단 신청까지 할 정도면 평소에 음악 감상을 즐기는 분들이라 짐작할 수 있고요.

이건 내 글을 봐 주는 친구들도 비슷합니다. 실제 하버드 글쓰기 수업에서도 동료 피드백(peer-feedback)을 한다고 알려져 있습니다. 글쓰기 실력 향상에 효과적이라는 이유 때문이죠. 그러니까 친구가 꼭 전문가가 아니더라도 내 글이 어떤지 보고 솔직히 봐 달라고 요청해 보기 바랍니다. 친구는 프로들이 쓴 책을 주로 읽기 때문에 결코 기준이 낮지 않습니다. 대중의 눈으로 보는 독자 중 한 사람이라고 보면 됩니다. 특히 글을 쓰며 염두에 둔 타깃이 내 친구(가족, 지인)와 비슷한 독자층이라면 친구(가족, 지인)의 피드백은 더 좋습니다. 역설적이지만 중이 제 머리는 못 깎는다고, 자기가 쓴 글은 객관화하는 작업이 어렵기에 4단계 피드백을 강조하는 겁니다.

아, 또 한 가지. 너무 가까운 사람이 내 글을 볼 땐 자신도 모르게 글에서 '생략'하는 실수를 다 포용하며 이해하고 넘어가 버리기도 하니 이 점을 충분히 생각해야 합니다. 나만 아는 이야기인데 다들 아는 것처럼 구체적인 예화나 설명을 생략하는 실수는 글쓰기를 막 시작하는 분들에게 자주 나타납니다. 글은 글로서 완전해야 하는데, 글 밖에서 추가 설명이 구구절절 필요하다면 안 되겠죠?

'생략'보다 더 난감한 경우가 있습니다. 바로 어려운 표현을 남발할 때입니다.

글은 기본적으로 쓰는 입장에서는 자기표현의 도구이지만, 읽는 입장에서는 소통의 도구로 인식합니다. 표현하는 데 소통을 배제한다면 그저 혼잣말에 불과하겠지요. JTBC 「차이나는 클라스」에서 유시민 작가는 이렇게 말했습니다.

> 전문용어를 남발하거나 한자어, 영어로 어렵게 쓰는 사람은 어떤 사람이냐?
>
> 바로 사기 치려는 사람.

타깃 독자가 누구냐에 따라 수준은 달라질 수 있겠지만, 대중을 상대로 풀이도 없이 전문용어를 남발하고 한자어를 남발하는 건 소통을 위한 글쓰기는 아니란 소리지요. 저는 얼굴도 모르는 분들로부터 글이 어렵다는 피드백을 받고서 쉽게 쓰겠다고 다짐했습니다. 이후 지금까지 10년 정도 거의 매일 퇴고 과정에서 이를 의식하며 글을 씁니다. 그동안 좀 더 쉽게 읽히는 글로 독자와 소통하고, 나를 온전히 표현하기 위해서 부단히 노력한 것이죠. 그 결과, 지금은 이런 피드백이 가장 많습니다.

"작가님 글은 읽기가 쉬워서 좋아요, 첫 문장부터 확 와 닿았어요."

저 역시 처음부터 타고난 글쟁이가 아니었다는 것을 아시겠죠? 피드백을 두려워하지 마세요. 1단계에서 3단계까지 잘해 왔잖아요.

Tip

지금 작가이자 글쓰기 강사인 저에게 글을 먼저 보내 놓고 피드백을 부탁하는 분이 꽤 많습니다. 기꺼이 비용을 내고 서로 얼굴을 마주 보며 참여하는 정식 수업이나 모임이 아니면 저는 정중하고 단호하게 전부 거절합니다. 아마 온라인에서 제 거절에 섭섭했던 분들은 이 글을 보고 이해하리라 생각합니다.

그 짧은 순간의 피드백 영향이 얼마나 큰 것인지 알기 때문에 대면하지 않고는 메시지나 메일로 보내왔을 때 함부로 해 드리지 않는 겁니다. 제 짧은 한마디 피드백 때문에 누군가의 꿈을 접게 할지도 모르기 때문입니다. 그리고 다른 여러 강의에서 하는 피드백을 준비해야 하니 챙겨 드리는 우선순위에서도 자연히 밀립니다. 세밀하게 해 드릴 시간이 부족합니다.

피드백은 글쓰기 수업/모임 등에 참여하거나 그러지 못할 경우 친구들이나 가족들, 선생님에게 부탁하고, 그것이 어렵다면 온라인에서 꾸준히 올려 '냉정한 피드백을 해 주세요.' 하고 요청하는 편이 가장 좋습니다.

Day
14

‘내가 듣고 싶은 말’ 주제로 20분 글쓰기

주제 : 내가 듣고 싶은 말

제목 :

원칙 :

■ 20분이 지나면 펜을 놓으세요.

■ 최소 A4용지 1장 정도는 써 보세요(너무 짧게 쓰지 말 것).

■ 시간이 지나 다시 소리 내 읽어 보고 고쳐 보세요.

Day 15

글쓰기로 카타르시스를 느껴 봐

작가에게 분노란
물고기에게 물과 같은 것
— 니키 조반니

우리에게 가장 필요한 것은?

많은 현대인이 직장 생활에 찌들어서 가슴 안에 사표를 품고 삽니다. 돈 문제도 있고 일 자체가 힘들 때도 있지만 퇴사 충동 원인의 1순위는 역시 관계 문제죠. '타인은 지옥'이란 말이 있을 정도로 사람에게 사람만 한 골칫거리가 또 없습니다. 심리학의 거장 아들러의 말마따나 모든 문제는 인간관계에서 비롯하니까요. 그렇다고 현실적으로 갑자기 자연인이 되겠다며 산속에 들어가 자급자족하고 살 수도 없고요. 정말이지 답답한 노릇입니다.

이럴 때 자신보다 약하거나 만만한 외부로 돌려 화풀이하는 사람이 많습니다. 반대로 내부에 쌓아 두고 언제 터질지 모르는 활화산처럼 부글부글 끓고 있는 상태의 사람도 많을 겁니다. 겨우 버티고 버텨 내다 안으로 곪아 터져 그만 마음의 병에 걸리기도 하지요. 신경을 끌 수 없는 스트레스 때문에 생기는 각종 증상, 긴장성 두통부터 온몸이 쑤시는 근육통, 디스크 등등. 그중에서도 한국인에게 대표되는 '화병'이 있죠. 화병은 화가 많아서 생기는 병이 아니라, 적절히 해소를 하지 못해 생기는 병입니다. 이 진리의 말씀을 잊지 마세요.

'무조건 참는 자에겐 병이 있나니.'

참는 건 더는 미덕이 아닙니다. 적재적소에 풀어야 하는데 고스란히 맺혀 있으면 엉뚱한 때와 장소에서 문제를 일으키고 말죠. 그러니까 지금 우리에게 가장 필요한 건? 해소입니다.

지금 이 시각에도 온라인에서는 툭하면 누구 하나 걸리기만 해라, 하고 위험한 마녀사냥을 합니다. 소수의 질 나쁜 기자들은 트래픽을 올리기 위해서 자극적인 댓글 유도 기사를 쓰기도 하지요. 악(惡)을 하나 대상으로 규정해 놓으면 자연히 나는 선(善)이 된다고 믿는 착각에 빠집니다. 극단적 성향의 커뮤니티에 올라오는 글들도 얼마나 자극적인지 눈뜨고 못 볼 지경이죠. 그들을 보면 가끔은 특정인을 비판하기 위한 정당한 목적보다는 누구라도 '악'이 되길 바라며 '욕의 정당화'로 감정을 해소하려는 게 아닐까 생각합니다. 그들은 단지 소수의 극단이라고 치부하기에는 영향력이 막강합니다. 우리가 일상에서 많이 접하는 포털 사이트에 검색 결과로 노출되거나 기사 아래 댓글로 달리기 때문이죠. 이는 우리의 무의식을 지배할 만큼 위험합니다.

저는 아예 미리부터 초·중·고 과목에 '댓글 쓰기 교육'이 있어야 한다고 주창합니다. 누구나 댓글을 쓰는 세상이 된 지가 불과 얼마 되지 않았습니다. 그동안은 아무도 이런 개념을 가르쳐 주지 않았으니, 이제라도 교육이 필요하다고 생각합니다. 댓글이 사람을 죽이고 살릴 수 있다는 사실을 초등학생도 아는 세상입니다. 그런 거라면 개념을 제대로 가르쳐야 하지 않을까요? 대학생이나 직장인이나 평생 교육을 받는 지역 주민들도 마찬가지입니다. 댓글 쓰기 교육을 모두의 '기본 교양 과목'으로 지정했으면 합니다.

글쓰기, 좋은 감정 해소 도구

저는 감정의 해소 도구로 글쓰기를 추천합니다. 댓글로 일단 욕설을 퍼붓고 보거나 가짜뉴스를 만들고 퍼 나르는 행위, 커뮤니티에 고인을 조롱하는 게시물을 올리는 그런 비겁하고 저열한 글쓰기 말고요. 댓글은 기왕이면 선플이 좋겠고요. 궁극적으로는 '내가 나로서 쓰는 글'을 지향하는 글쓰기, 그래서 글이 내가 되도록 하는 겁니다. 그렇게 내가 살고 함께 살도록 하는 글쓰기, 공존하고 연대하고 상생하는 글쓰기를 꿈꿉니다. 어떻게 하면 될까요?

무엇보다 '내 안에 쌓인 것'에 주목하기 바랍니다. 우리 모두에게는 스트레스(압박)는 물론이고, 미처 던지지 못한 수많은 물음, 이해할 수 없는 순간들에 저항심, 관심과 호기심, 말하지 못한 근심과 고민, 고찰과 성찰의 결과 등이 쌓여 있습니다. '인풋(입력) 대비 아웃풋(출력)'이라는 말을 흔히 하는데요. 글쓰기에서는 이런 게 인풋입니다. 이미 쌓여 있고 오늘도 쌓이는 것을 글로 풀어내면 '아웃풋'이 되는 거죠.

특히 이 아웃풋을 글쓰기에서 압축적으로 설명할 단어가 있습니다. 우리 민족의 대표적 정서 하면 한과 흥이 있죠? 글쓰기를 하는 본능적인 이유가 있다면 한과 흥의 정화(淨化)와 승화(昇華)라고 생각하는데요. 정확한 설명을 위해 정화와 승화의 사전적 의미를 살펴보겠습니다. 표준국어대사전에 따르면 다음과 같습니다.

정화

1. 불순하거나 더러운 것을 깨끗하게 함.

2. 「문학」 [같은 말] 카타르시스(1. 비극을 봄으로써 마음에 쌓여 있던 우울함, 불안감, 긴장감 따위가 해소되고 마음이 정화되는 일).

3. 「심리」 [같은 말] 카타르시스(2. 정신 분석에서, 마음속에 억압된 감정의 응어리를 언어나 행동을 통하여 외부에 표출함으로써 정신의 안정을 찾는 일).

4. 「종교」 비속한 상태를 신성한 상태로 바꾸는 일.

우리가 주목해야 할 풀이는 '카타르시스'입니다. 라틴어 어원으로는 '배설', '정화'라는 뜻이 있습니다. 계속해서 승화도 살펴보겠습니다.

승화

1. 어떤 현상이 더 높은 상태로 발전하는 일.

2. 「물리」 고체에 열을 가하면 액체가 되는 일이 없이 곧바로 기체로 변하는 현상. 얼음이 증발하는 경우나 드라이아이스 따위에서 볼 수 있다. 또는 그 반대의 변화 과정을 이르기도 한다.

3. 「심리」 자아의 방어기제의 하나. 정신 분석에서, 사회적으로 인정되지 않는 충동·욕구를 예술 활동, 종교 활동 따위의 사회적·정신적 가치가 있는 것으로 치환하여 충족하는 일이다.

3번 풀이를 주목해 주세요. 글쓰기는 일차적으로 나를 위한 감정 해소의 도구입니다. 이차적으로 잘 가공하여 공개되었을 땐 독자들에게 공감과 인사이트를 주게 되죠. 이 일차적인 과정에 전에 말씀드렸던 1단계 '발상'이 있습니다. 처음엔 누구도 의식하지 말고 쏟아 내는 과정에서 카타르시스를 맛보게 됩니다. 글쓰기를 충동과 의욕으로 하게 되고 쾌락이나 희열감을 주는 이유가 여기에 있습니다. 창작의 고통은 이차적인 가공에서 불가피하겠지만요.

예전에 예스24와 문학동네에서 진행한 소설학교에서의 박범신 작가 말이 공감되고 오랫동안 가슴에 남아 소개해 드립니다.

문학은 행복에서 오는 건 아닌 것 같아요. 글을 쓴다는 건 자기 구원의 욕망에서 비롯한 것이거든요. 여러분도 다 아름답고, 멀쩡하게 앉아 있지만, 상처에 예민하거나 상처를 오래 간직하는 사람들일 거예요. 결핍에 예민한 사람들이 문학을 지향하게 되는 거죠. 저도 마찬가지였어요.

'온전한 결핍'에서 감정을 해소하는 글쓰기가 시작된다고 생각합니다. 상처와 분노를 작품으로 승화하는 건 작가 성향 특유의 예민함이기도 한데요. 어쩌면 그 순간에 빠질 때는 괴롭지만, 글쓰기가 아니라면 영영 빠져나오지 못하고 잘못되지 않았을까 하는 생각도 듭니다. 실제로 제 플러스친구나 인스타그램, 페이스북 메시지를 통해 제 글을 읽고 극단적인 선택을 거뒀다는 감사한 피드백을 많이 받습니다. 제 글이 훌륭해서라기보단 그들의 회복하고자 하는 노력이 제 글귀까지 닿았고, 제 글이 마침 듣고 싶은 말을 해 주었기 때문이라고 생각합니다. 그러니까 글을 쓰는 개인의 행위가 외부 세계에 끼친 선한 영향력은 가볍지 않다는 말이죠.

글쓰기에는 '감각의 결핍'을 충족시켜 주는 해소의 기능도 있습니다. 유튜브나 넷플릭스, 인스타그램, 네이버, TV, 라디오, 팟캐스트처럼 시각과 청각은 넘치도록 충족시켜 주지만 '촉각'은 이런 것들만으로는 충족이 어렵습니다. 우리가 스마트폰 '터치'를 놓을 수 없는 건 여기에도 원인이 있다고 생각합니다. 글쓰기는 우리가 필요로 하는 이 감각을 채워 줍니다. 촉각뿐만 아니라, 쓰기 위해서 하는 일련의 과정과 행위를 통해 자극받고 발현하는 오감은 물론 발상의 과정에서는 육감까지도 작용합니다.

글쓰기가 감정 해소 도구로서 해내는 것이 또 있습니다. 글쓰기를 하면서 나와의 대화를 통해 '나는 무엇인가? 나는 누구인가?'를 끊임없이 발견해 갈 수도 있습니다. 미처 몰랐거나 외면했던 자신을 되돌아보고, 직면할 수 있음은 수강생 후기에서 마지막 소감을 나눌 때 제가 가장 많이 들었던 말입니다.

"글을 매일 쓰면서 내가 이런 면도 있었구나, 이런 사람이었구나 하는 걸 느꼈습니다. 글쓰기 실력뿐만 아니라, 나를 발견할 수 있게 해 주셔서 감사합니다."

이처럼 꼭 '스트레스'나 '상처', '분노'만이 해소 거리의 전부는 아닙니다. 내면에 쌓인 것을 다른 형태로 풀어서 비워 내고 대체하는 것. 새로운 '경험', 나아가 호기심을 충족한 '지식'이 될 수도 있고, 성찰이나 통찰에 따른 '깨달음'이 될 수도 있습니다. 입이 근질거리는 '이야기'가 될 수도 있겠지요. 나누고 싶은 그 무엇일 수도 있고요. 이것을 저는 다른 말로 '할 말이 있다.'라고 표현하길 좋아합니다.

여러분도 나름대로 쌓인 것을 남김없이 정화하고 승화하는 건전한 도구를 찾아보세요. 아마도 지금 즐기는 취미가 있다면 그것이겠죠. 글쓰기처럼 정적인 취미가 아니라도 좋습니다. 차오르는 감정을 대체할 줄 아는 사람이 진짜 자기관리를 잘하는 사람이 아닐까요? 아직 나만의 감정 해소 도구를 찾지 못했다면 이 책을 참고해서 글쓰기를 시작해 보세요. 글쓰기는 가장 돈이 적게 들고, 언제든 혼자서 바로 시작할 수도 있으니 얼마나 좋은가요?

Day
16

'나를 살게 하는 것 or 내가 살아 있음을 느끼게 하는 것' 주제로 20분 글쓰기

주제 : 나를 살게 하는 것 or 내가 살아 있음을 느끼게 하는 것

제목 :

원칙 :

- 20분이 지나면 펜을 놓으세요.
- 최소 A4용지 1장 정도는 써 보세요(너무 짧게 쓰지 말 것).
- 시간이 지나 다시 소리 내 읽어 보고 고쳐 보세요.

Day 17

라디오, TV 방청 사연 응모하기

인생은 가까이에서 보면 비극이지만
멀리서 보면 희극이다.
— 찰리 채플린

제가 하는 글쓰기 강의의 특이점이라면, 직장인을 대상으로 하더라도 수익이나 성과를 강조하는 내용이 거의 없다는 점입니다. 이번 역시 수익에 목적을 두는 것은 아닙니다만, 일상에서 소소한 '득템'의 재미를 느낄 수 있는 '꿀팁' 하나 소개해 드리겠습니다.

바로 '라디오와 TV 사연 당첨 비법 공개'입니다. 이걸 제가 감히 말씀드릴 수 있는 근거가 있습니다. 방송작가 아카데미 출신이라 방송국 일을 잠깐이지만 해 본 경험도 있고, 모 대기업의 체험단 선정권이 있던 직원 이력 등도 있지요. 지금까지 제가 라디오에서 당첨된 상품을 다 합쳐 보니까 대략 몇 백만 원어치 정도로 추정할 수 있습니다. 문자 사연 당첨이나 TV 방청 사연 당첨된 것까지 다 합하면 값으로 매길 수 없는 가치는 훨씬 더 되겠지요?

당첨 요령은 간단합니다. 비결을 공개하자면 크게 3가지인데요.

확률은 높이고 마음은 비워

첫 번째는 '덕후'가 되는 겁니다.

이동진 영화평론가가 '덕질은 반드시 보상받는다.'란 말을 한 적이 있는데요. 경험상 매우 동의하는 말입니다. 단, 보상받기 위해 덕질을 하는 게 아니라, 어떤 것에 자신도 모르게 미치다 보면 보상이 자연히 뒤따릅니다. 조금 늦더라도 말이죠. 남들이 볼 때는 노력이지만 자신은 노력이라고 의식하지 못한 상태가 '미친 덕후'의 상태입니다. 저는 정말 그 라디오나 TV 프로그램에 푹 빠졌어요. 사연을 보내기 전 해당 방송에 대한 이해도가 거의 '완전'했던 겁니다. 제 사연을 뽑는 사람은 작가님들이거든요. 청취자들의 성향, DJ나 MC의 색깔을 작가 입장에서 생각해 보는 겁니다. 그냥 생각하는 수준이 아니라, 비유로 말하면 거의 '빙의'를 한다고 봐야 합니다. 그러기 위해서는 정말 자주 듣고, 그 방송을 들어야만 알 수 있는 것들을 아는 게 중요하겠죠.

두 번째는 라디오에만 해당하는 방법인데, 라디오 게시판에서 '사연 원문'을 찾아보는 겁니다.

TV의 경우 대개 응모한 방청 사연을 비공개합니다. 라디오도 별도 익명 사연 게시판이 있는 경우엔 비공개하지요. 하지만 코너별 게시판이 있는 라디오는 당첨된 사연의 원문을 쉽게 검색해서 누구나 조회할 수 있습니다. 익명 사연도 볼 수 있습니다.

원문을 찾으면 방송분과 비교해 봅니다. 해당 방송국 홈페이지 내 다시듣기 혹은 팟빵 앱이나 팟캐스트 앱을 내려 받으면 쉽게 무료로 다시

들을 수 있습니다. 비교하면서 방송작가가 '리라이팅'한 지점을 확인해 보는 겁니다. 찾아보면 감이 잡힐 거예요. 분량은 어느 정도가 적당한지, 진행자의 입맛엔 어떤 느낌이 맞는지, 작가는 어느 부분을 다듬어서 방송에 맞게 살리는지 등등. 우리가 방송으로 편하게 보고 듣는다는 건 그만큼 작가님들의 노력이 더해진 것이니까요. 청취자 전화 연결을 할 때도 마찬가지입니다. 다 사전 인터뷰를 해서 그걸 토대로 진행자에게 대본을 만들어 줍니다. 이런 방송의 특성을 작가의 입장에서 바라본다면 당첨은 떼 놓은 당상이겠죠?

세 번째는 많이 보내서 당첨 확률을 높이는 겁니다.

당첨 확률을 높인다는 말이 곧 당첨을 보장한다는 말은 아닙니다. 로또 당첨 확률을 높이려면 가능한 한 로또 1등 판매점에서 자주 사는 수밖엔 없잖아요. 그만큼 사람이 더 많이 몰릴 테니까요. 라디오도 자신의 사연과 맞는 코너에 자주 응모하되, 사연을 보냈으면 마음을 비우는 편이 제일 좋습니다. 이제나저제나 당첨이 될까 안 될까 내 이름이 불릴까 안 불릴까 노심초사하지 말라는 말입니다. 그렇게 기다리던 방송에 내 사연만 안 나오면 괜히 기분이 상해서 듣기도 싫어지거든요.

운 좋게 사연이 읽힌다고 해도 다 상품을 보내주는 건 아니니 오해하면 안 됩니다. 상품은 협찬을 받아서 하기 때문에 요즘은 상품을 주는 사연에는 굳이 준다고 언급합니다. 아니면 방송 직후에 문자나 전화로 당첨됐다는 연락이 옵니다. 사연을 보냈으면 그냥 기억에선 지워 버리고 방송만 즐기세요. 혹여나 본방사수를 하지 못하더라도 말입니다.

Tip

라디오와 TV 방청 사연 당첨 비법

1. 당첨되고 싶은 프로그램의 덕후가 되세요.
2. 사연 원문을 찾아서 방송분과 비교해 보세요.(TV라면 방청객 인터뷰로 노출되는 사연을 주의 깊게 들어보고, 라디오라면 온라인 사연 게시판과 다시듣기를 이용해 보세요.)
3. 많이 보내서 당첨 확률을 높이세요.(TV의 경우, 정기적으로 방청객을 선정하니 포기하지 말고 해당 회차마다 특성을 살려 사연쓰기에 재도전해 보세요.)

번외로 라디오 당첨되는 몇 가지 팁이 더 있다면 '사연은 처음 써 봐요.' 기술(?)입니다.

단, 진짜 처음 써 보는 분들에게 이 방법을 추천합니다. 방송도 단골고객(애청자)만큼이나 신규고객(첫 사연) 유치에 힘씁니다. 청취율은 곧 방송의 수명과 광고수익을 보장하는 거니까요. 또 매일 참여한다고 해서 사연을 읽어 주는 사람만 읽어 주고, 상품을 주는 사람한테만 계속 몰아줄 순 없잖아요? 드물게 글발이 좋은 사람들 중에서 '꾼'이 있는데요. 얄밉게 여기저기에 통하는 사연을 똑같이 보내거나 인터넷에 있는 글을 출처도 밝히지 않고 보내서 괜찮은 상품을 휩쓸기도 합니다. 그러면 안 되지요. 진짜 순수하게 사연을 올리는 애청자들만 애꿎은 피해를 볼 테니까요.

Tip

두괄식으로 쓰세요.

인기도에 따라 작가들은 하루에도 수십 또는 수백 통 이상의 사연을 받습니다. 첫 문단부터 작가들의 인상에 남도록 핵심 결론을 배치하거나 서두에 사연의 색깔이 확 드러나게 써 보세요. 사연 속 캐릭터(예를 들면 가족 구성원, 친구, 나 등)를 드러내면 더욱더 좋습니다.

아무래도 지역 방송은 당첨 확률이 더 높습니다. 서울에 사는 분이 아니거나 차량으로 지방에 자주 가시는 분이라면 지역 방송 라디오를 적극 추천합니다. 단, 사연을 꾸며 쓰진 마세요. 티가 날뿐더러 내 지인이 듣고 있을 만큼 세상은 좁거든요. 글은 뭐니 뭐니 해도 솔직한 게 제일입니다. 지역 방송은 인력 개편을 거의 하지 않습니다. 특히 진행자(DJ)나 PD, 작가들은 해당 프로그램에서의 경력이 상당하기에 거의 척하면 척입니다.

라디오에는 정성껏 손편지를 쓰는 방법도 당첨 확률을 확 높입니다. 예전엔 엽서나 팩스가 많았지만, 요즘은 다 문자나 온라인에서만 주로 사연을 응모하거든요. 생방송 중에는 채팅창으로 실시간 소통하기 때문에, 손편지는 작가나 DJ가 감동하기 딱 좋습니다. 실제로 선호합니다. 또 문자 사연은 광고 나가는 동안 재빨리 보내세요. 광고 나가기 전에 주제가 나오거든요. 광고 후 방송 중에 보내는 것보다 당첨될 확률이 조금 더 높습니다. 유료이기 때문에 너무 많이 보내진 마시고요.

사실 글쓰기 강사인 제가 라디오나 TV 방청 사연 보내기를 추천하는 가장 큰 이유는 상품을 얻기 위해서가 아닙니다. 살아가는 관점을 '긍정'으로 바꿔 주기 때문이에요. 이게 무슨 말이냐면 어떤 황당한 일을 겪었을 때 삶의 태도를 말하는 겁니다.

'아, 난 역시 지지리 운도 없어. 내가 이 정도밖에 안 되는 놈이지 뭐. 난 불행해.' 하던 사람이 사연 보내기를 실천하게 되면 같은 상황에서 다른 생각을 하게 됩니다.

'어? 이거 글로 쓰면 재밌겠는데? 사연으로 한 번 보내 볼까?'

이렇게 되는 거예요. 제가 실제로 그랬거든요. 엄숙한 장례식에서 생긴 웃지 못할 에피소드, 술 먹고 창피당한 일, 모르는 사람에게 의도치 않게 저지른 실수, 누군가한테 들었던 황당한 소리 등도 다 글감이 될 수 있습니다. 지금 이 원고를 쓰면서도 「푸른밤, 옥상달빛입니다」 라디오 생방송 중 문자 사연이 당첨되어서 면도기 세트를 받게 되었네요.

Tip

라디오 온라인 게시판 중 청취자 응모 글이 상대적으로 적은 방송과 코너를 공략하세요. MBC라면 FM4U보다는 표준FM이 당첨 확률이 더 높고, SBS라면 파워FM보다는 러브FM이 당첨 확률이 더 높은 편입니다. 간혹 게시판이 비어 있기도 합니다. 하지만 상품 협찬이 많은 프로그램이라면 그 반대죠. 여기에서 확률을 높여 준다는 말이 반드시 당첨을 보장한다는 말은 아니니 감안해 주시기 바랍니다.

Day
18

첫 문장은 어떻게 쓸까?

시작하기 위해 위대해질 필요는 없지만
위대해지려면 시작부터 해야 한다.
— 레스 브라운

일단 써. 나중에 고칠 수 있으니까

이제는 너무나 유명해진 첫 문장 일화가 있습니다. 김훈 작가의 소설 『칼의 노래』의 이야기인데요. 작가는 첫 문장을 '버려진 섬마다 꽃이 피었다.'라고 할지 '버려진 섬마다 꽃은 피었다.'라고 할지 몇 달을 고심했다고 고백합니다. 조사 하나로 완전히 달라지는 문장이니까요. '버려진 섬마다 꽃이 피었다.'고 했을 땐 물리적 사실을 객관적으로 얘기하게 됩니다. 자연적 현상, 그 사실을 진술한 것이죠. 그러나 '버려진 섬마다 꽃은 피었다.'라고 쓴다면 작가의 감정적 판단, 의견과 정서가 담깁니다. '이 와중에도 꽃이 피다니!'란 의미가 되겠죠.(신형철 문학평론가 강의 참조)

그렇다고 모든 첫 문장을 이렇게 고민하라는 뜻은 아닙니다. 저는 첫 문장을 맨 마지막에 쓸 때도 있습니다. 너무 처음부터 첫 문장을 완벽하고 정확한 표현으로 새겨 넣기 위해 애쓰지 마세요. 그럼 글쓰기가 쉽게 질러 버리거든요. 에세이의 첫 문장도 역시 일단은 쓰고 나서 이렇게도 저렇게도 고쳐 보길 바랍니다. 특히 글쓰기 입문 레벨에서는 완벽한 첫 문장을 위해 고민을 오래 하는 것보다는 일단 쓰고 고쳐 가는 것이 바람직합니다.

자, 본격적으로 말씀드리겠습니다. 첫 문장은 어떻게 쓰면 좋을까요?

독자의 입장: 첫 문장은 계속 읽고 싶도록 씁니다.

작가의 입장: 첫 문장은 계속 쓸 수밖에 없도록 씁니다.

이게 무슨 말이냐고요? 예를 들어 보겠습니다. 설문할 때마다 '세계에서 가장 위대한 첫 문장'으로 꼽힌다는 구절이 있습니다. 이 문장에 영향을 받아 작가가 되었다는 분도 많은데요. 바로 이 문장입니다.

> 어느 날 아침 그레고르 잠자가 불안한 꿈에서 깨어났을 때, 침대 속에서 한 마리의 커다란 해충으로 변해 있는 자신의 모습을 발견했다.

프란츠 카프카의 작품 『변신』의 첫 문장입니다. 독자로서는 이 뒷이야기가 어떻게 이어질지 너무 궁금하고, 작가로서는 이미 저질러 버렸으니 수습해야겠죠? 혹시나 첫 문장이 어려운 분이 있다면, 일단 저질러 보세요. 말은 한 번 뱉으면 주워 담기 어렵지만, 글은 쓰자마자 곧바로 공개하는 게 아니기 때문에 지울 수도 있고 수정할 수도 있으니까요.

또 한 가지 방법을 알려 드릴게요. 좋아하는 작가나 자꾸 마음이 가는 작품이 있으면 한 번 첫 문장을 쭉 살펴보세요. 어떤 속성이 있는지 분석해 보는 거예요. 저는 작가이자 글쓰기 강사가 된 이후 안타까운 일이 하나 있는데요. 책을 읽을 때 자꾸 작가 관점에서 보게 되는 거예요. 제가 쓴 것도 아닌데 책 읽기를 즐기지 못하게 된 거죠.

평상시 '글쓰기'에 꽂혀 있으면 독자로서만 충실히 책을 읽는 게 점점 어려워져요. 글 쓰는 관점이 최우선이 되어 버리는 거죠. 그건 작가의 숙명이라고 생각합니다. 물론 모든 작가가 그런 건 아닐 겁니다. 제가 글쓰기 강의를 하니까 그런 점도 있을 거예요. 그렇다고 여러분까지 억지로 분석하면서 모든 책을 읽으라는 말은 아닙니다. 글쓰기는 기본만 배우면 그다음은 감각 익히기의 연속이니까요. 첫 문장을 평소보다 주의 깊게 살펴보는 정도면 충분합니다.

이때 유의해야 할 점은 내가 선정한 작가 혹은 작품과 내 글쓰기 실력을 비교해선 안 된다는 점입니다. 좋은 점만 쏙 뽑아서 내 것으로 만드는 건 지혜입니다. 저는 김훈 작가의 산문집 『라면을 끓이며』를 보면서 좋은 첫 문장이 무엇일까를 생각해 봤습니다.

산문집에 수록된 「밥2」라는 산문의 첫 문장입니다.

황사바람 부는 거리에서 전경들이 점심을 먹는다.

이걸 보는 순간 어떤 생각이나 느낌이 들었나요? 가엾다. 전경들이 고생하는구나. 이런 감정이입도 되면서 저 장면이 눈에 확 그려지지 않나요? 구구절절 텍스트로만 설명하기보다는 연상 이미지 기법이 가장 좋지요. 그림이 그려지는 문장은 독자가 글을 이어서 읽고 싶게 만드는 힘이 있습니다. 문장 속으로 확 빨려 들어가는 순간, 이야기는 독자의 머릿속에서 시작되지요. 그게 본문과 마무리까지 이어진다면 마음 깊숙이 파고들게 됩니다.

같은 책에 수록된 「칠장사_임꺽정」의 첫 문장을 살펴보겠습니다.

> 소설 『임꺽정』을 읽는 즐거움은 페이지마다 넘쳐나는 신바람에 올라타서 글과 함께 출렁거리면서 흘러가는 일이다.

Tip

첫 문장은 독자가 계속 읽고 싶게 쓰고, 작가가 계속 쓸 수밖에 없도록 써야 합니다. 끌리는 작가와 작품을 찾아 어떤 첫 문장으로 시작하는지 보면 좋습니다. 그리고 그것이 단 한 번에 쓴 첫 문장이 아니란 사실도, 반드시 처음에 쓴 문장이 아닐지도 모른다는 사실도 염두에 두면 좋겠습니다.

글쓰기 실력을 가장 빨리 향상하도록 돕는 습관 중 하나로 저는 '리뷰 쓰기'를 추천하는데요. 책을 읽고 쓴다면 독후감이겠죠? 제가 이 첫 문장을 처음 본 당시 든 느낌이 아직도 생생하게 떠오릅니다. 어떤 소설을 읽고 느낀 즐거움에 관해서 어쩜 이렇게 표현해 낼 수 있을까 하며 진심으로 존경심이 우러났던 문장이에요.

다음에 준비한 글의 제목은 「세월호」인데요. 초반 문단에서 발췌했습니다.

> 나는 본래 어둡고 오활하여 폐구로 겨우 일신의 적막을 지탱하고 있다. (중략) 그러하되, 잔잔한 바다에서 큰 배가 갑자기 가라앉아 무죄한 사람들이 떼죽음을 당한 사태가 대체 어찌된 영문인지 알지 못하고, 아직도 돌아오지 못한 사람들의 몸을 차고 어두운 물밑에 버려 둔 채 새해를 맞으려니 슬프고 기막혀서 겨우 몇 줄 적는다.

이 문장을 통해 2가지를 말씀드리고 싶습니다. 하나는 김중혁 작가가 자신의 글쓰기 책 『무엇이든 쓰게 된다』에서 했던 '글은 최초의 감정이 아닌 정리된 마음을 옮기는 것'이라는 말입니다. 작가는 분노에 차 있지만 정리된 마음을 잘 정리해서 전달하고 있습니다. 언급한 소재의 사건이 소설이 아니라 에세이란 점이 너무나도 가슴 아프지만요. 이런 글을 읽으면 우리나라에 김훈과 같은 작가가 있어서 감사하단 마음마저 듭니다. 함부로 적을 수 없는 예민한 주제에, 우리도 느끼는 마음을 너무도 정확하게 글로 옮겨 주었지요.

또 하나는 문장의 호흡입니다. 보통 글쓰기 선생님들은 호흡이 긴 글을 지양해야 한다고 말합니다. 맞습니다. 소리 내어 읽어 보아서 호흡이 길 땐 과감히 중간 중간 끊을 곳을 찾아야 합니다. 예외가 있다면 바로 위와 같은 문장입니다. 우리가 실제로 말을 할 때 분노에 차서 말하면 끊임없이 계속 다-다-다-말하잖아요? 그 감정이 고스란히 느껴지기에 길어도 괜찮은 글이지요. 지금 저는 하나의 방향성을 제시하는 겁니다. '김훈 작가처럼 못 쓰면 글 쓰지 마라.'가 결코 아닙니다. 이렇게는 저도 못 써요. 이 글은 김훈 작가니까 쓴 겁니다. 나는 나의 글을 쓰면 됩니다.

마지막으로 「목수」란 제목의 글 첫 문장입니다.

나는 놀기를 좋아하고 일하기를 싫어한다.

재미있죠? 돈 많은 백수는 우리의 오랜 꿈이잖아요? 무한도전에서 박명수 씨가 「무한도전」에서 외친 명언도 떠오릅니다.

"꿈은 없고요. 그냥 놀고 싶습니다."

뭔가 범접하지 못할 대가의 느낌인 김훈 작가도 나와 같은 인간이구나, 비슷한 성향이구나 하는 오묘한 안도감도 들고요. 이처럼 예시로 든 김훈 작가의 첫 문장을 분류해 보면 다음과 같습니다.

① 눈에 그려지거나

② 공감이 되거나

③ 진하게 감정이입이 되거나

곱씹을수록 문장이 좋아서 신작이 나오면 찾게 되는 최애 작가 중 한

분입니다.(최애는 표준어입니다)

재밌는 건 작가의 뚜렷한 스타일입니다. 김훈 작가의 최신작을 보아도 위에서 본 특유의 문체가 다시 뚜렷하게 나타난다는 점인데요. 이미 자신만의 글 스타일이 자리 잡은 겁니다. 그러니까 오해하면 안 됩니다. 제가 여러분에게 첫 문장을 엿보라고 말씀드리는 건 흉내를 내라는 말이 아닙니다. 이렇게 감정을 확 느낄 수 있도록 하는 첫 문장의 힘과 속성을 익히라는 것이죠.

꼭 김훈 작가여야만 할까요? 아닙니다. 좀 더 부드러운 문체라든지 보다 세밀한 문체라든지 다른 문체의 작가도 얼마든지 있습니다. 제가 좋아하는 작가는 김애란 작가, 황정은 작가, 김영하 작가, 김선우 시인, 안도현 시인 등입니다. 각자의 취향은 다를 수 있습니다. 자신에게 맞는 작가들을 한 번 찾아보세요. 그리고 첫 문장들을 모아 보기 바랍니다.

Tip

관념적인 첫 문장인데, 이보다 더 적절할 순 없어서 차마 손댈 수 없을 때가 있습니다. 그땐 두 번째 문장에 독자가 임팩트를 느끼도록 하세요. 독자가 몰입이 안 되는 첫 문단은 실패한 첫 문단입니다.

Day 19

글 쓰다가 막힐 땐 어떻게 하냐고?

내 인생이 반짝 빛나던 순간 역시 마찬가지다.
사회적 성공이나 대중의 주목과는 아무런 관계도 없었다.
그건 한 치 앞도 내다볼 수 없을 정도의
캄캄한 어둠 속에서 있을 때였다.
그럼에도 몇 글자 더 썼다. 그때였다.
내 인생이 조금 반짝거린 건.
— 김연수, 『청춘의 문장들』

'할말하않' 말고 '할말쌓집'

*할말하않(할 말은 많지만 하지 않겠다) / 할말쌓집(할 말이 없으면 쌓는 데 집중한다)

글이 막혔을 때 어떻게 하는지 앞에서보다 좀 더 구체적인 방법을 알려드리겠습니다. 무슨 일이든 슬럼프가 왔을 때 추동력을 끌어올릴 방법이 있다면 가능한 한 잠시 다 멈추고, 푹 쉬는 거겠지요. 푹 쉬면서 지금까지 고생한 자신을 토닥토닥 격려하고 인정해야 합니다. 그리고 내가 '왜 계속하려고 하는지' 상기해 보는 일이 중요합니다. 지금까지 해 왔으니까 그냥 계속하는 게 아니라, 처음 무엇을 위해 시작했고 꼭 그것이 아니더라도 지금껏 무엇을 얻었는지, 앞으로도 내가 하는 이것이 내 인생에 무엇으로 남을 것인지를 생각해 보는 작업이 필요하죠.

글쓰기도 예외는 아닙니다. 글쓰기를 하다 보면 종종 막힐 때가 있는데요. 그때 반드시 억지로 끌고 간다고 해서 능사는 아닙니다. 물론 슬럼프가 아닌데 엄살 피우는 거라면 재고해야겠지만요. 글을 쓰다 막히면 휴식기를 잠시 거치고서, 7일 차에 말씀드린 것처럼 '쌓는 일에 집중'해야 합니다.

자료 조사를 하거나 직간접 경험을 시작해야 하죠. 스치듯 하겠다는 생각이 드는 순간, 마음속으로 딱 5초만 거꾸로 세고 몸을 움직여 행동으로 옮기기 바랍니다. 생각하는 대로 살지 않으면, 사는 대로 생각하게 된다고 하잖아요? 슬럼프를 극복하는 행동 지침까진 아니더라도, 제 경험상 도움이 된 몇 가지를 간추려 소개해 드리겠습니다.

글을 쓰다가 막히면?

글을 쓰다가 막히면 다음 방법들을 시도해 보세요.

걷는다

할 말을 쌓는다는 것은 글감을 쌓는다는 것이고, 이는 다른 말로 '자극을 취한다.'는 말과 동의어입니다. 걸으면서 보게 되는 풍경은 시각으로, 듣게 되는 소리는 청각으로, 맡게 되는 냄새는 후각으로, 땅에 발이 닿으면서 촉각이 자극되는 것이죠. 걷다가 멈춰서 길거리 음식을 먹는다면 미각까지 더해 '오감 자극'이 됩니다. 걸으면 수많은 자극 덕분에 새로운 세계가 내면에서 펼쳐집니다. 그럼 감각은 육감까지도 미치게 됩니다. 우리에게 공짜로 주어진 하늘과 바람과 풍경들을 만끽하면서 천천히 자기 속도에 맞춰 걸어 보세요. 닫혔던 감각이 활짝 열릴 겁니다.

녹음한다

저는 슬럼프가 와서 글을 쓰기 싫은 적이 있었냐는 물음에는 한 번도 없었다고 답합니다. 다만 글이 막힐 때는 간혹 있었다고 고백하지요. 그럴 때마다 제가 하는 방법이 있는데요. 녹음입니다. 걸으면서 이어폰을 꽂고 녹음할 때가 가장 좋고요. 혼자 집에서 녹음하기도 합니다.

요령이 있다면 대본을 만들거나 멘트를 염두에 두고 하지 않고 입에서 나오는 대로 내뱉습니다. 내 안의 자유로운 무의식을 믿는 거죠. 단, 주제는 확실히 정해 두어야 합니다. 순간적으로 녹음을 해도 좋지만, 주제를 하루 종일 품고 있으면 관련한 것들이 보이고 들리고 다가오는 신비한 현상을 경험하게 되니까요.

수다를 떤다

말을 하다 보면 추상적으로 떠다니는 생각이 정갈하게 정리되는 효과가 있습니다. 전화나 메시지로도 좋고요. 교실, 사무실, 카페, 거리, 술집 등 장소는 어디든 좋습니다. 상호 간에 계속 말을 한다는 데에 초점을 맞춰 보세요. 술에 알딸딸하게 취했을 때 뭔가 멋있는 말을 하고 있다는 착각이 들 때가 있죠? 무의식이 의식을 뚫고 나올 때입니다. 긴장이 풀어져 이완된 상태에서 주로 일어나죠. 그런 게 다음 날 아침 '이불킥'의 원인이 되기도 하지만, 예술가가 영감을 얻는 데 좋은 역할도 하니 무시할 건 아니랍니다. 가끔은 '내가 말했지만 멋있는데?' 하는 걸 글로 옮겨 보는 것도 좋습니다.

새벽을 기다린다

고요하고 몽롱한 새벽 시간, 특유의 감성에 취해 내가 아닌 듯 내 안의 예술가가 스멀스멀 손끝으로 새어 나옵니다. 술에 살짝 취해서 감성이 차오를 때와 비슷합니다. 사람에 따라선 새벽 시간이 아닐 수도 있습니다. 나른한 오후 2시일 수도 있겠죠. 그런 분들은 새벽을 상징적인 시간대로 이해하면 됩니다. 글이 잘 써지는 자신만의 시간, 장소를 가져 보면 좋습니다. 하지만 너무 집착하게 되면 오히려 슬럼프를 초래할 수 있으니 주의하세요. 자는 것도 방법입니다. 꿈을 꾼다면 더 좋겠네요. 이건 3일 차의 '긴장과 이완을 활용해 봐' 편을 복습해 주시기 바랍니다.

책을 읽는다

정해 둔 주제만 명확하다면 해당 주제와 다소 거리가 있는 분야의 책을 보더라도 도움이 됩니다. 영감이 점을 찍고 서로 선을 그어 문장이라는 입체로 이어지는 마법 같은 일이 벌어집니다. 책을 굳이 처음부터 정독하지 않아도 되니 아무 페이지나 펼쳐 보기도 하고, 전에 읽던 책을 다시 보는 것도 시도해 보세요. 노트에 베껴 써 보는 것도 좋습니다. '책 운명'이라는 말이 있습니다. 나에게 찾아온 문장은 품고 있던 주제를 만나 새롭게 피어날 것입니다.

메모를 다시 본다

많은 작가가 글을 쓸 때 평소 자신의 메모를 다시 봅니다. 김영하 작가는 tvN 「알쓸신잡」에서 '작가는 말을 수집하는 사람'이라고 말했습니다. 그러면서 '묵을 쑤다'라는 표현을 수첩에 적는 장면이 나옵니다. 아날로그가 익숙한 분들은 수첩을 다시 보고요. 디지털이 편하다면 에버노트라는 소프트웨어를 활용하기도 하지요. 에버노트는 익숙해지기만 하면 편하고 유용한 도구(tool)라고 하지만 저는 아직 적응하지 못하고 있습니다. 관련 도서도 있고 강좌도 있고 유튜브나 블로그에서 사용법을 익힐 수 있으니 문서나 메모가 잘 정리되지 않는 분들은 참고하기 바랍니다.

저 같은 경우는 카카오톡 앱 '나와의 채팅'을 주로 활용합니다. 카카오톡 PC 버전에서 '내 서랍'에 들어가면 모바일 버전과 마찬가지로 메모, 사진, 동영상, 파일, 링크 카테고리가 보입니다. 주의해야 할 점은 수시로 백업해야 한다는 점인데요. 전에 아이폰 기본 메모 앱을 사용했다가 600여 개의 메모가 날아간 경험 이후로는 백업의 중요성을 절감하고 있습니다. 지금도 그 600여 개의 메모만 생각하면 눈물이 날 지경입니다. 소설 관련 메모가 집중적으로 삭제된 거라서 소설을 쓰지 말라는 하늘의 계시였다고 문뜩 떠오를 때마다 합리화하고 있습니다. "작가는 노트를 잃어버린 순간부터 진정한 작가가 된다."라는 말이 있는데요. 울컥울컥할 때마다 이 말로 위안을 삼고 있습니다. 그러나 막상 잃어버리면 허탈감과 좌절감이 상당하니, 진정한 작가가 되겠다고 일부러 잃어버릴 필요는 없겠습니다.

따옴표(생각, 인용, 강조, 대화문)를 삽입한다

글을 쓰다가 글 안에서 막힐 때 뚫는 방법이 있다면 '따옴표 사용'입니다. 따옴표는 나열된 텍스트 사이에서 숨통을 트이게 해 줍니다. 작은따옴표(' ')나 큰따옴표(" ")로 생각, 혼잣말, 인용, 강조, 대화문을 이용하는 건데요. 사전에 나오는 개념 정의나 어록 같은 걸 찾아서 그걸 인용하고 그것으로부터 가지를 뻗어 가는 방식도 있습니다. 과거의 대화나 한마디의 말에 꼬리를 물어 인사이트를 찾아보는 것도 있고요. 서점 에세이 코너에서 아무 책이나 3권 이상 펼쳐 보세요. 한 편의 글에서 분위기를 전환시켜 주는 따옴표에 집중해서 보면 습작하는 데 도움이 됩니다.

검색한다

검색은 직접 찾아 나설 수도 있겠지만, 온라인 검색도 최대한 활용해 보길 바랍니다. 키워드나 연관 검색어, 실시간 인기 검색어, 혹은 디지털 뉴스 기사, 칼럼 자료 등이 여기에 해당합니다. 글을 쓰다가 막혔을 때 그 주제를 물색하려 취재를 해도 좋고요. 단어를 검색해 봐도 좋습니다. 사전을 찾아서 습작하는 것은 작가들도 많이 하는 방법입니다. 또한 다른 문헌에서는 어떤 식으로 활용했는지 훔쳐볼 수도 있습니다.

4찰(관찰, 고찰, 성찰, 통찰)한다

해당 주제에 대하여 자세히 들여다보고, 깊이 파고들어 보고, 되돌아 살펴보고, 꿰뚫어 보고 인식해 내는 걸 말합니다. 4찰은 사색하는 방법이기도 하지요. 단어 자체를 뚫어지게 보거나 입체적으로 표면 너머의 스토리텔링을 해 보세요. 겨우 '대추 한 알'을 보고서도 '저 안에 태풍 몇 개, 천둥 몇 개, 벼락 몇 개'를 떠올린 장석주 시인처럼 말이죠. 과거의 소소한 에피소드나 후회하는 사건, 인상 깊었던 장면을 통해 내 안에 쌓인 할 말과 일치하는 메시지를 건져 보아도 좋겠습니다.

과감히 포기한다

퇴고의 끝은 적절한 포기입니다. 만약 고치고 고치다가 답이 안 나오면 포기하는 것도 해답일 수 있어요. 폴더에 저장해 놓으면 그게 몇 년 후에 다시 쓸모 있는 쓸거리가 될지도 모릅니다.

TV, 라디오, 노래, 강연 듣기

아직 포기하지 않았다면? 찾아서 보고 들어 보세요. TV 광고나 라디오 오프닝, 노래 제목이나 노랫말, 혹은 강연 등등에서 의외로 좋은 소스를 찾을 수도 있으니까요.

'○○에 대하여'라는 폴더 만들기

실제 카카오 브런치를 운영하면서 '○○에 대하여'라는 매거진(블로그로 말하면 게시판 카테고리)을 만들어 틈틈이 쓰고 있습니다. '○○에 대하여'는 짧은 단상부터 깊은 철학적 주제까지 다양하게 말할 수 있는데요. 글이 막힐 땐 내가 자신 있는 분야를 선택하거나 요즘 꽂혀 있는 주제로 재료 삼아 봐도 좋습니다. 어떤 주제에 꽂혀 있는 상태라면 자꾸 질문을 던지게 됩니다. 누가 시키지 않아도 보다 정확한 자료를 스스로 수집하게 되겠죠?

다음 주제 중 하나로 써 보기

밥 / 관계 / 인연 / 감사함 / 이상형 / 그리움 / 인생이란 / 사랑이란 / 행운 / 만약에 / 속마음 / 노래 / 연예인 / 행복 / 오늘의 뉴스 / 날씨 / 노력 / 가끔은 / 세상은 / 커피 / 나이 / 덕질 / 면접 / 시험 / 고백 / 책 / 우리 동네 / 학교 / 변화 / 옷 / 거리에서 / 선생님 / 좋아하는 음식 / 여행 / 그때 그 사람들 / 저기 저 사람들 / 유행어 / 창문 / 버킷리스트 / 비밀/ 내 생애 최고의 ○○ / 소원 / 영화 / 하늘 / 나 / 너 / 우리 / 술 / 스트레스 / 상처 / 지우다 / 내가 강의를 한다면 / 고양이

Day 20

마지막 문장은 어떻게 쓸까?

모두 병들었는데 아무도 아프지 않았다.
— 이성복, 시 「그날」의 마지막 구절

끝맺음은 원래 어려운 거야

글에서 마지막 문장에 찍는 마침표는 곧 완성을 의미하지요. 마지막 문장이 부담스러운 건 너무나 당연합니다. 글 전체의 질을 판가름하는 기준이 되기도 하니까요. 우리는 살면서 뭐든지 마무리가 중요하다고 말합니다. 끝맺음을 잘해야 한다고요. 사랑처럼 인생처럼 글쓰기도 그렇습니다. 그래서인지 어렸을 적 일기를 보면 누가 가르쳐 준 것도 아닌데 다 똑같이 끝납니다.

"참 재밌는 하루였다."

"참 보람찬 하루였다."

선생님께 받은 도장마저 '참 잘했어요.'입니다. '참' 현실적이지 못합니다. 우리가 잘 아는 동화들도 툭하면 '왕자와 공주는 오래오래 행복하게 살았답니다.'라고 끝나죠. 비교육적이라고 생각합니다. 이런 건 어린 아이들에게 행복론을 잘못 주입하는 게 아닐까요? 차라리 '둘은 싸울 때도 있고 힘들 때도 있었지만 서로에게 버팀목이 되어 주며 다양한 변화를 겪으면서 살았답니다.'가 보다 현실적인 행복을 가르쳐 줄 수 있지 않을까요? 물론 이것도 최고의 대안은 아니겠지만요. 우리가 글의 마무리를 할 때, 매일 좋을 수도 없을뿐더러 모든 글에 교훈적 마무리를 추구해야 한다는 압박도 버리면 좋겠습니다.

힘 빼는 마무리

시작과 본문에 힘을 주었다면 마무리에는 흐름에 따라 힘을 빼도 괜찮습니다. 부족해서 힘이 빠지는 게 아니라, 선택적으로 힘을 빼면 진짜 자기 목소리가 나옵니다. 그러다 보면 반전이나 위트 있는 마무리도 나오고요. 이건 마디를 지어 깔끔하게 끝을 맺는 하나의 요령입니다. 다시 읽어 보고 싶게 만드는 효과도 있습니다.

여운을 남기는 마무리

내 기분, 감성을 마지막 문장으로 써도 괜찮습니다. 하지만 너무나 자기도취 감상으로만 끝나버리는 건 주의해야 합니다. 독자 입장에서는 허무함을 느낄 테니까요. 그럴 바엔 차라리 질문을 툭 던지고 여지와 여운을 남기는 열린 결말로 끝나는 게 더 낫습니다. 문제 제기를 맨 뒤에 다시 한 번 할 수도 있고요. 성찰의 한마디를 배치해도 됩니다.

이런 마무리를 효과적으로 한 책이 있는데요. 제가 자주 언급하는 안도현 시인의 책 『안도현의 발견』입니다. 총 201편의 글이 담긴 산문집인

데 각 한 편의 분량이 매우 짧습니다. 『한겨레』에 연재한 글을 엮은 건데, 당시 3.7매 내로 원고를 규격화해야만 하는 미션이 있었기에 그렇습니다. 첫 문장과 본문 구성은 물론이고 마지막 문장을 어떻게 썼는지 그 자연스러움을 엿보시길 바랍니다.

메시지가 있는 마무리

글의 결론은 보통 마지막에 있습니다. 언제나 기-승-전-결로 딱 떨어질 필요는 없지만, 이것이 우리에게 가장 익숙한 구성법입니다. 핵심 문장을 끝에 두는 거죠. 다시 말씀드리지만, 독자의 So What(그래서 뭐 어쩌라고?)을 해결해 주는 게 끝부분입니다. 반드시 정답을 제시해야 한다는 말은 아닙니다. '작가가 어떤 말을 하고 싶은 거야?'라는 그 자체가 드러날수록 좋습니다. 그러니까 구절을 인용하거나 개념을 정의하는 마지막 문장도 적절하게만 선택한다면 글이 깔끔하게 떨어집니다.

예) 괴테는 말했다. '~'라고. 우리 역시 ~(글의 핵심 메시지)를 생각해 봐야 하지 않을까?

처음과 똑같은 마무리

수미쌍관처럼 처음 문장과 마지막 문장을 관련 지어 마무리하는 방법도 있습니다. 쉽게 예를 들어 (노랫말이긴 하지만) 가수 이적의 「거짓말 거짓말 거짓말」이나 「빨래」를 들어 보세요. 처음과 끝 구절을 같게 하여 여운을 남기면서 이야기에서 표방하는 메시지도 확실해 의미 전달이 더 효과적입니다.

인용문 패러디 + 다짐하는 혼잣말

끝 문단에 인용문을 써서 그걸 패러디하거나 끌어다 쓰는 방법도 탁월합니다. '~한다면', '○○하겠다' 혹은 '~하고 싶다' 등등으로 혼잣말처럼 맺는 방법도 에세이에서는 자주 쓰는 방법입니다. 내가 얻은 것에 대해 말할 수도 있고, 앞으로 얻을 것을 말하면서 끝낼 수도 있지요. 본문을 쭉 쓰고 나서 '현재 어떤 상태인지'에 대해 써 보는 것도 방법입니다. 독자가 글을 읽고 대입해 볼 여지를 남기면 글이 마음에 오래 머무는 효과가 있습니다.

첫 문장 다시 보기 + 책 아무 데나 펼쳐 보기

끝 문장을 어떻게 쓸지 난감할 땐 맨 처음 내가 쓴 첫 문장을 보세요. 첫 문장이 지워질 수도 있고 첫 문장을 잘라 내어 마지막 문장에 붙여 넣을 수도 있습니다. 어쨌든 저질러 버린 것을 수습하는 건 마지막 문장이 되어야 합니다. 그래도 모르겠다면 당장 책꽂이에 꽂혀 있는 책들을 넘겨 마지막 문장을 보세요. 어떤 논리로 마지막 문장을 썼는지 살펴보다 보면 감각이 길러집니다.

Day 21

제목은 어떻게 정할까?

낮이 이성의 시간이라면 밤은 상상력의 시간이다.
낮이 사회적 자아의 세계라면
밤은 창조적 자아의 세계이다.
밝은 곳에 있는 가능성은 우리가 다 아는 가능성이고,
어둠 속에 있는 길이 우리 앞에 열린, 열릴 길이다.
— 황현산 작가가 말한 『밤이 선생이다』 제목의 의미

제목은 속도보다 방향이야

어떤 제목이 좋은 제목일까요? 주제를 포괄하고 핵심 메시지를 함축하는 제목이면 더할 나위 없겠죠. 거기다 독자의 흥미를 끌 수 있는 제목이라면 완전체가 됩니다. 음, 그런 제목을 처음부터 생각해 낼 확률이 얼마나 될까요?

흥미롭게도 독자에게 가장 먼저 보일수록 작가는 주로 맨 끝에 구상한다는 사실을 아시나요? 제목이나 서문이 그렇습니다. 독자에게 '잘 팔리기 위해'서 마케팅 효과가 가장 커야 하는 자리인 데다 초두효과(첫인상 효과)라는 게 심리적으로 작용할 테니까요. 그런 무게감도 있겠지만, 다양한 이유로도 작가 입장에서 순서상으로는 맨 나중이 좀 더 자연스럽습니다.

처음부터 '이거다!' 하는 제목이 끝까지 결정되는 경우도 간혹 있으나 그건 예외로 두고, 차분히 마음을 비우세요. 가장 먼저 글을 쓸 때 염두에 두는 '주제'는 처음부터 90% 정도 확신이 있으면 좋습니다. 글을 쓰다 삼천포로 빠지더라도 퇴고할 때 고치고 다듬을 수 있기 때문이죠.

하지만 '제목'은 변수가 많습니다. 글을 정리하다 보면 이 글에서 가장 반복하는 키워드가 제목으로 올라가기도 하고요. 이와 비슷한 키워드로 된 기존의 제목들을 패러디하는 방법도 있습니다. 또 첫 문단이나 마지막 문단에서 제목을 길어 올리는 경우도 많습니다. 주제와 같은 제목을 써도 되지만 가능하다면 다르게 시도해 보세요. 맨 마지막에 제목을 정해 화룡점정이 될 때의 쾌감도 있습니다. 제목이 글 전체의 맛을 살려주기도 하니까요.

너무 처음부터 제목을 지으려 하다가 시간을 뺏기는 우를 범하진 마세요. 2단계 정리를 할 때는 주제를 명확히 하고, 3단계 퇴고할 때 제목을 정해도 늦지 않으니까요.

제목을 짓는 건 광고 카피(문구)를 만드는 일과 비슷합니다. 형식은 다르겠지만, 사람들에게 강렬한 인상 혹은 끌리는 매력을 어필해야 본문을 읽게 될 테니까요. 단어 형식뿐만 아니라, 문장 형식이거나 광고 카피처럼 제목을 정할 수도 있습니다. 실제 몇 십 년간 베스트셀러를 분석해 보면 제목이 단연 '독자의 선택을 좌우한 주요한 요건'으로 뽑힙니다. 책 제목이 지갑을 열게 하는 것처럼 글의 제목은 독자가 시간을 들이도록 결정하는 주요한 요건이 됩니다. 온라인에선 그래서 '사람을 낚는'

제목이 많지요. 조회 수는 곧 트래픽을 올리고, 광고 수익으로 이어지기 때문입니다. 제목에 기대하고 본문에 실망하게 하는 사례가 일상이 되어서 애석합니다.

다시 오프라인으로 눈을 돌려 볼까요? 고급스러움을 강조한 백화점 브랜드 구두 매장을 가 보면요. 가장 고급스러운 가죽의 구두가 매장 초입에 화려한 조명과 금빛 폰트로 꾸며져 있습니다. 저렴한 아웃렛 의류 매장을 가보면 반대로 입구부터 1+1 이벤트 행사를 많이 합니다. 이것은 모두 고객을 끌어들이기 위한 전략이거든요. 재밌는 현상은 백화점에선 중저가를 사 들고 가고, 아웃렛에선 처음 생각보다 돈을 많이 쓰고 간다는 점이지만요. 글에서 첫인상이 되는 제목은 백화점이나 아웃렛 매장에서 들어올까 말까 하는 고객들의 마음을 사로잡는 것과 크게 다르지 않다고 생각합니다.

하나 예외가 있습니다. 작가 자체가 이미 '브랜드'인 경우인데요. 예를 들어 이름만 들으면 다 알 만한 암 전문의가 암에 관한 글을 썼다면 제목이 평이해도 관심 있는 독자는 내용에 보다 더 집중하게 되겠죠?

그 밖에도 '믿고 보는 작가'의 글인 경우엔 제목이 뭐든 독자는 일단 읽습니다. 그런 '스타작가'급의 글은 대중에게 제목뿐만 아니라 사소한 이야기를 해도 흥미롭게 읽히거든요. 오히려 기대가 큰 사람의 사소한 이야기에서 나와 별반 다르지 않다는 위안을 받기도 하니까요.

하지만 그건 그런 사람들의 강점인 것이죠. 이제 막 글쓰기를 시작한다면 독자의 마음을 끌 만한 제목이 무엇일지 고민할 필요가 있습니다.

글을 쓰다가 자꾸 길을 잃어버린다는 건 특히 글쓰기를 막 시작한 분들이 흔히 난감해하는 점입니다. 원인이 크게 2가지인데요. 하나는 주제가 스스로 명확하지 않았을 때이고, 다른 하나는 주제에 대해 할 말이 덜 쌓였기 때문입니다. 이럴 때 중간에라도 제목을 정해 놓으면 힐끔힐끔 제목을 보면서 방향을 찾거나 되돌아올 수 있습니다.

신문의 헤드라인은 몇 자 되지 않지만, 본문보다 더 중요하게 여겨집니다. 스마트폰으로 신문을 구독하는 요즘 시대에는 읽는 패턴이 종이 신문과 다르지요? 대략 눈이 가는 순서는 다음과 같습니다.

헤드라인 – 소제목 – 본문 훑기 – 댓글(특히 좋아요가 가장 많이 눌린 베스트 댓글)

본문에 충실한 기자들은 억울할 수도 있겠지만, 바쁜 현대인들인 데다 글을 잘 안 읽는 스마트폰 이용 세대는 이 패턴이 너무도 자연스럽습니다. 제목에 '기획'이 들어가야 하는 이유입니다. 기획을 할 땐 쓰는 입장을 넘어서 독자의 입장에서 좀 더 고려해야 합니다. 그래서 위와 같이 '독자가 익숙한 패턴'을 이해하는 일은 중요합니다.

오히려 댓글을 본 다음에 다시 본문으로 가기도 합니다. 가치 판단을 대중에게 미루는 거죠. 이렇게 되면 난독보다 심각한 것이 오독입니다. 여론이 자칫 특정 세력의 가치 판단으로 흘러가기 쉽겠죠. 결국 독자에게 남는 건 헤드라인과 댓글뿐인 현상이 일어납니다.

제목이 얼마나 중요한지를 말하려다 보니 여기까지 왔네요. 이렇게 딴 길로 새려 할 때 제목을 보는 겁니다.

'제목은 어떻게 정할까?'

신문 기사의 헤드라인이나 책의 목차를 자주 살펴보시기 바랍니다. 힌트를 얻을 수 있습니다. 에세이나 인문/교양서, 기사나 칼럼에 적용하기 좋은 방법을 정리해 보면 다음과 같습니다. 생략한 괄호 속 내용에 주목하세요.

Tip

(이 글은 한마디로 말해서) 제목 (을 말하려는 거야!)

(그러나/그러니까 이 글은) 제목 (이제 이해가 가지?)

글을 쓰고 제목을 정할 때 혹은 정하고 나서 이걸 되뇌어 보세요. 그런 다음에 제목의 적확성을 따져 볼 수 있습니다. 미처 다하지 못한 말은 '소제목'을 활용하기 바랍니다.

Day 22

기획 콘텐츠를 발행해 볼까?

자신의 본성이 어떤 것이든 그에 충실하라.
자신이 가진 재능의 끈을 놓아 버리지 마라.
본성이 이끄는 대로 따르면 성공할 것이다.
— 시드니 스미스

내가 가진 걸 보여 주는 것부터 시작해

강연을 하기 위해선 말만 잘하면 될까요? 먼저 글을 쓸 줄 알아야 합니다. 강연 아이디어를 구조화해서 시나리오를 짜야 하거든요. 유튜브나 팟캐스트 같은 온라인 방송을 하기 위해서도 글을 써야 하죠. 브랜드를 만들고 알리기 위해 자기 PR나 비즈니스 업무로 홍보를 해도 글쓰기는 필수고요. SNS에 소소한 공유를 하더라도 짧은 코멘트든 긴 글이든 잘 쓸수록 나의 존재감이 드러납니다. 콘텐츠를 기획하면 그게 무엇이 되었든 글쓰기가 따릅니다. 단지 형식에 조금씩 차이가 있을 뿐이겠죠.

제가 기획 콘텐츠를 발행한 최초의 사례라면 사이버 자키(CJ, Cyber jockey)가 되었던 중학생 시절입니다. 윈엠프라는 음악 재생 플레이어를 켜 놓고 소리바다에서 내려 받은 노래를 선곡해 가며 세이클럽이라는 채팅 플랫폼에서 '세이캐스트' 기능을 활용해 새벽 방송을 했어요. 당시

CJ 이연이라는 닉네임까지 썼는데요. 무려 팬클럽도 있었습니다. 딱 제 얼굴을 공개하기 전까진요.

대본을 짜고 노래를 선곡했습니다. 당시 유행하던 유머나 재미있는 멘트도 생각하고요. 좋은 시나 아포리즘, 노랫말이 있으면 준비해서 낭독도 했지요. 채팅창에서 반응이 오면 제 이야기를 털어놓기도 했습니다. 요즘 아프리카 TV나 유튜브 방송의 원조 격이라고 보면 됩니다. 현실적으로 당장 라디오 DJ가 될 수 없으니 자체적으로 작가 겸 DJ를 다 경험해 본 셈이죠.

이런 경험은 제 글쓰기 인생에서 큰 도움이 되었습니다. 훗날 대학 방송국에서 아나운서로 오디션을 봤는데, 아나운서로는 발음이 좋지 않다고 탈락하고(…) 대본만 써 줄 수 없냐며 작가로 의뢰를 받기도 했거든요. 이처럼 제 인생에서 글쓰기를 지속할 수 있도록 영향을 준 사건들을 나열해 보겠습니다.

① 일기 쓰고 칭찬받음
② 체벌 대신 반성문 제출로 죄 사함 받음
③ 편지로 얼굴도 모르는 경북 구미 친구를 사귐
④ 라디오 사연에 당첨되어 상품을 받음
⑤ 좋아하는 연예인 팬클럽 커뮤니티에 글을 올려 운영자(공동)가 됨
⑥ 온라인 방송을 만들어 팬들이 생김
⑦ 블로그나 브런치에 글을 올려 구독자가 생김
⑧ 책을 출간해 독자가 생김

⑨ 독서모임에 참여하고 직접 홍보하고 운영함

⑩ TEDx에서 이름 뒤에 작가 타이틀로 최초 강연함

작가로서의 자존감을 높여 준 작은 성취들입니다. 제가 다녔던 전 직장에서는 보통의 이력서에는 올리지도 못할 위와 같은 경험들을 온전히 존중해 주었는데요. 그 덕에 모 대기업의 고객 커뮤니티를 제 손으로 운영하기도 했습니다. 매일 글을 올리고 이벤트를 기획하고 소통하는 일의 반복이었습니다. 고객들에게 저는 익명의 스타였지요. 이때 다른 기업들의 SNS 커뮤니티를 레퍼런스(참고 사례) 삼아 정말 많이 보았는데요. 온라인에 글 쓰고 강의를 하는데 지금까지도 좋은 재료와 영감이 되어 주고 있습니다.

인스타그램에서도 누구나 라이브 방송을 할 수 있는데요. 아프리카TV나 유튜브(슈퍼챗)처럼 후원을 받는 시스템이 따로 없습니다. 거기에 나의 팔로워분들이 주로 접속하니 오히려 방송에 더 부담이 없습니다. 제가 그동안 했던 주요 인스타그램 라이브 방송의 기획 콘텐츠는 '책점', '타로', '책 소개' 그리고 '아무 말 대잔치' 방송 등이었습니다.

'책점'은 채팅창에 한 줄 고민 사연을 받으면, 제가 책장에서 꺼낸 책을 보여 주며 이렇게 외칩니다.

"몇 페이지 몇째 줄의 문장을 원하세요?"

그럼 예를 들어 ○○책의 123페이지 셋째 줄을 읽어 드린 뒤 제 나름대로 해석해 드리는, 정말 '재미로 하는' 방송이었어요. 생각보다 많은 분이 위로를 받고 기분이 나아진다며 좋아해 주셔서 꽤 오랫동안 했던 기억이 납니다. 해석은 즉흥이었지만, 구성은 전부 시나리오를 짜서 대본도 있을 만큼 치밀했어요.

타로 방송도 궁금하지요? 분위기를 어두컴컴하게 해 놓고 은은한 보랏빛 전구 조명을 켜 놓은 채로 타로 카드를 펼치는 퍼포먼스는 지금 생각해도 괜찮았던 것 같아요. 가끔 검은고양이 다행이가 지나다니는 연출 아닌 연출 덕에 인기를 얻었죠. 타로는 독학했는데, 점을 친 결과는 믿거나 말거나 그 자체로도 스토리텔링이 기가 막힙니다. 글로 이야기를 잘 풀어내고 싶다면 현대소설 뿐만 아니라, 타로에 담긴 이야기나 우리나라를 포함한 세계의 신화와 같은 장르를 읽어 보길 권합니다. 인용할 만한 것도 많고 이야기의 구조도 감각적으로 익힐 수 있으니까요.

또 '아무 말 대잔치'를 한 방송명은 19금 블라블라라고 해서 금요일 저녁 7시마다 매주 까만 화면(black)에 대고 주저리 떠들었어요. 블라블라는 블랙라이브 아무말 대잔치의 준말이었습니다. 최대 동시 접속자가 100명 내외였을 뿐이지만, 단 한 사람이 들어오더라도 계속 방송을 시청하고 있으면 긴장이 됩니다. 이때 시청자(독자)를 염두에 두는 콘텐츠를 어떻게 만들어야 하는지 공부가 많이 되었습니다.

책을 소개하는 방송은 심리학 도서를 가장 많이 다뤘습니다. 공감할 만한 게 많거든요. 가끔은 성격 분류가 된 부분을 응용해서 심리 테스트도 해 볼 수 있고요.

현재 팟캐스트에서 「자기 블로그 읽어 주는 남자, 이동영」이라는 이름으로 1인 방송하고 있습니다. 말 그대로 제가 온라인 블로그에 올렸던 글을 제 목소리로 낭독하는 콘텐츠입니다. 오디오북이 요즘 대세라서 제가 직접 쓴 글로 도전하고 있는데, 아카이빙이 되니 나만의 콘텐츠 포트폴리오로도 활용하기 좋습니다. 여러분도 꼭 시도해 보세요. 일기를 쓰면 미래의 나만 보지만, 방송을 하면 시청자가 생깁니다.

뭔가를 자꾸 표현하고자 하는 인간의 본성을 재능으로 발현하려면 자꾸 기회를 만드는 일부터 선행되어야 한다고 생각해요. 그게 꼭 남이 기회를 주어서 하는 게 아니라 내가 하고 싶은 걸 주체적으로 만들어 보는 거죠. 글쓰기는 이런 영역에서 영감을 정말 많이 얻을 수 있어요. 훈련이 많이 됩니다. 다양한 경험을 할 수도 있고요. 콘텐츠를 포착하고 기획해서 타깃 독자에게 발행할 만한 것으로 만들고 편집하는 능력이 길러집니다.

이 모든 것은 글쓰기와 같은 선상에 있습니다. 독자(시청자)를 염두에 두고 콘텐츠를 기획해 보세요. 처음엔 쉽지 않겠지만 하다 보면 만들어지는 신기한 경험을 하게 될 것입니다.

Day
23

여행 주제로 20분 글쓰기

주제 : 여행

제목 :

원칙 :

■ 20분이 지나면 펜을 놓으세요.

■ 최소 A4용지 1장 정도는 써 보세요(너무 짧게 쓰지 말 것).

■ 시간이 지나 다시 소리 내 읽어 보고 고쳐 보세요.

Day 24

글쓰기는 취미가 아니라 일상이야

우리가 습관을 만들면
그 습관이 우리를 만든다.
— 존 드라이든

숨 쉬듯 밥 먹듯 글쓰기를 해 봐

블로그를 시작해 보세요. 처음엔 낯설고 귀찮아서 힘들지만 조금만 익숙해지면 전혀 문제가 안 됩니다. 매일 콘텐츠를 짧게라도 올려 보세요. 하나도 어렵지 않아요. 글쓰기 버튼을 누르고, 발행하기 버튼을 누르면 글은 어찌 됐든 올라갑니다. 블로그 내 편리한 기능을 막상 적용해 보면 흡사 한글을 창제한 세종대왕의 마음을 느낄 수 있습니다. '누구나 널리 쉽게 이용하라.'고 만든 것을 말입니다.

블로그 글쓰기를 처음 시작하기에 좋은 건 '리뷰 쓰기'입니다. 게시판 카테고리를 큰 주제별로 기획해서 나중에 바꾸더라도 일단은 올려 보는 겁니다. 예를 들면 독후감이나 공연, 영화, 전시 관람 후기, 맛집 후기, 상품 후기, 수강 후기 등등 '후기 올리는 게시판' 만드는 걸 권합니다. 후기를 남긴다는 건 곧 내가 알거나 체험한 걸 누군가에게 설명할 수 있을 정도로 이해하고 체득했음을 방증하는 거잖아요. 비평을 하거나 추천을 하려면 일단 제대로 알아야 하니까요. 특히 자신의 관심 분야 혹은 전문 분야를 설정해서 공유하면 가장 좋습니다.

꾸준히 올리다 블로그 포스팅이 익숙해질 때쯤이면 네이버, 구글, 다음과 같은 검색 포털에 노출됩니다. 그럼 해당 글 주제나 분야에 관심 있는 독자가 검색을 해서 유입되고요. 글이 좋으면 독자는 점점 늘어납니다. 글쓰기를 가장 가벼운 마음으로 즐길 수 있는 '네이버 블로그'를 기준으로 말씀드리겠습니다. 서로 이웃(맞팔)을 맺고, 자신도 그 이웃에게 찾아가서 댓글도 남기고 소소하게 소통하면 더 좋습니다. 그럼 블로그는 개인의 것에서 시작해 점점 모두의 것으로 확장될 겁니다.

글을 하나만 올리더라도 개인의 일기 성격에서 벗어나 독자가 볼 만한 글을 자연히 고민하게 되고요. 아무래도 독자를 '의식'하게 되니 대충 올리는 법이 없겠죠? 내가 하고 싶은 말만 하기보다는 독자가 듣고 싶은 말도 어느 정도 고민하게 됩니다. 독자 타깃을 고려한다는 지점이 일기와 다른 기획이 들어간 글쓰기를 익히게 만들죠.

하지만 내가 '할 말'을 분명히 가지고 그것이 독자도 '호응'할 만한 테마인지 퇴고 단계에서 살펴보는 방향성을 갖는 것이 좋습니다. 그렇게 정립되는 태도를 두고 저는 '작가 감성'이라 부릅니다. 글을 올리기 전에 충분히 생각하고 올려도 올린 후에는 긴장이 됩니다.

이것은 곧 '내가 살아 있음'을 느끼게 하거나 '나를 살게 하는' 연속적인 이벤트이기도 합니다. 사람들이 반응하기 시작하면, '나'는 '글'로 외부 세계에 영향을 끼치는 겁니다. 선한 영향력일지, 악영향일지에 따라 선순환도 되고 악순환으로 남기도 하겠죠. 이건 블로거의 일상이자, 동시에 작가의 일상입니다. 저는 작가를 이렇게 정의합니다. 매일 글을 쓰되, 독자가 있는 사람. 매일 글쓰기 미션이 있는 저의 4주 이상 강좌에서 수강생 호칭을 '작가'로 명명하는 이유입니다.

출판기획서를 낼 때, 그동안 매일같이 발행해 온 블로그 글이 있으면 점수를 땁니다. 최소한의 양과 질이 보장된다면 말이죠. 전문 에디터가 유튜브나 블로그를 탐색해서 기획출판으로 저자를 모시기도 합니다. 취미로 즐기다가 일상이 되고 그게 쌓이면 가치 있는 한 권의 책으로 엮이는 것이 현실이 되는 시대에 살고 있습니다. 누구라도 꾸준히 5년만 자기 글을 공유해서 콘텐츠를 쌓아 두면 괜찮은 책을 낼 수 있다고 생각합니다. 사람에 따라선 훨씬 적게 걸리기도 합니다. 책은 누구라도 쓸 수 있습니다. 다만 책을 쓰는 것이 단순히 '목적'이 아니라 글을 꾸준히 쓴 '보상'이라는 관점으로 접근하면 더 좋겠습니다.

아인슈타인이 말했다고 널리 알려졌지만, 정확한 출처는 알 수 없는 명언이 있습니다.

"정신이상이란 똑같은 일을 반복하면서 다른 결과를 기대하는 것이다."

아우구스티누스는 또 이렇게 말했습니다.

"새로운 시간 속에는 새로운 마음을 담아야 한다."

다음은 제가 한 말입니다.

"시작하는 가장 좋은 방법은 지금 당장 시작하는 것이다. '간절'하면 이뤄지는 게 아니라, '하면' 이뤄진다."

글을 잘 쓰고 싶어서 강좌와 책을 찾는 여러분, 평소에 얼마나 쓰시나요? 이제 쓰겠다고 마음먹었다면 시간을 기꺼이 낼 각오는 되어 있나요? 다시 한 번 질문 드리겠습니다. 내가 평소 하던 일을 빼거나 줄여서 그 시간에 글쓰기를 이어갈 동기가 충분한가요? 기존에 하던 것 다 하면서 글쓰기를 하겠다는 건 지나친 욕심입니다. 내 기존 생활 패턴을 넘어 기꺼이 글쓰기에 시간을 '할애'해야 합니다.

나는 어떻게 책을 냈나?

습관을 말할 때 빼놓을 수 없는 제 에피소드가 있는데요. 저는 19살에 운전면허증을 받자마자 운전병으로 공군에 자원해서 입대했습니다. 고생을 심하게 했지요. 세상을 몰라도 너무 몰랐던 그때, 자대 배치를 받고 얼마 안 있어 선임과 어떻게든 친해지겠다며 흡연을 시작했습니다. 그런 말도 있잖아요. 학연, 지연, 흡연… 그렇게 해서 끊지 못하고 꼬박 10년 가까이 담배를 피웠는데요. 지금은 단 한 대도 안 피웁니다. 생각도 나지 않고 냄새도 싫습니다. 계기가 있었습니다.

직장인이던 시절, 하늘이 유난히 파란 날이었습니다. 어김없이 그날도 담배를 태우는 회사 동료들과 식후땡(식사 후 담배를 피우는 행위의 속어)이란 걸 하는데, 그때 무슨 바람이 불었는지 제가 그들 앞에서 갑분금(갑자기 분위기 금연 선언)을 했습니다.

"나 오늘부터 담배 끊습니다. 그 시간에 책 읽고 글 쓰려고요."

다들 '그래라. 그러든지 말든지, 얼마나 가나 보자.' 하는 표정으로 바라봤고, 후배들조차 콧방귀도 안 뀌더라고요. 뭐, 누구한테 보여 주려는 의도보단 공개선언 효과가 심리적으로 지속 가능성을 높여 준다기에 한 거니까, 하면서 바로 사무실에 들어가서 글을 쓰기 시작했습니다. 브런치(카카오에서 만든 글쓰기 플랫폼)를 계속하게 된 계기이기도 하지요.

그리고 어떻게 됐냐고요? 네, 그 직장에 다니면서 쓴 글이 쌓여 책을 출간했습니다. 대단한 일이 아니라 누구든지 할 수 있는 일이라고 생각합니다. 제가 했으니까요. 어떤 인지심리학자가 습관을 고치는 방법 중 하나는 다른 좋은 습관으로 대체하는 것이라고 하더군요. 습관은 자동화가 되는 걸 말하니까요. 저는 이 이론을 몸소 체험했습니다. 그로부터 햇수로 어느새 4년 차에 접어들었는데 담배는 단 한 번도 유혹을 느낀 적이 없습니다. 기꺼이 하나의 시간을 빼고 글쓰기를 그 시간에 채운 저의 실화였습니다.

그때부터 쭉 하는 카카오 브런치에 제가 「나만의 글쓰기 원칙」이란 제목으로 발행한 글인데요. 조금 각색해 보았습니다.

① (정리) 넘치면 쓴다.

단, 넘칠 때까지 쌓고 또 쌓는다.

② (즉흥) 잠재된 것을 쓴다.

단, 공유하려면 반드시 고치고 다듬는다.

③ (경험) 꾸준히 쓴다.

쓰면서 글쓰기 감각을 익힌다.

④ (스펙트럼) 수시로 다양하게 쓴다.

여러 가지 주제에 도전한다.

그리고 이건 얼마 전에 「글쓰기를 잘하는 7가지 방법」이란 주제로 일일특강을 한 목차입니다.

① 경험하기

② 사색하기

③ 자료 수집하기

④ 책 읽기

⑤ 이야기하기

⑥ 매일 쓰기

⑦ 퇴고하기

이것을 3가지로 줄일 수 있냐는 한 수강생의 질문에 다음과 같이 답했습니다.

① 자유롭게 발상하세요.

② 매일 쓰세요.

③ 치열하게 고치세요.

다시 한 가지로 줄여도 '매일 글을 쓰는 것'만은 남습니다. 글쓰기를 잘하고 싶다면 '날마다 쓰길 바랍니다.' 써지지 않는다고 하지 말고 '비공개' 글로라도 무작정 쓰기 시작하는 게 좋습니다. 주제를 정해서 카테고리로 묶을 수만 있다면 책의 초고는 완성된 겁니다.

우리가 평소 자연스럽게 말을 하는 것처럼 일상에서 글을 써 보세요. '말하기'보다는 정제된 '글쓰기'라서 함부로 하기 어렵다면 앞서 말씀드렸던 3단계 방법을 사용하세요. 일단 쓰고, 정리해서, 거듭 고치길 바랍니다. 취미를 넘어 일상으로 바꾸면 일상을 넘어 어느새 '작가'라는 타이틀이 이름 앞에 새겨질 겁니다.

제가 다닌 직장에서 사장님이 새내기 신입 인턴사원과 식사 후 티타임을 가지며 이렇게 물었습니다.

"자넨 취미가 뭔가?"

바짝 얼어 있던 신입 인턴사원은 예상 가능한 답변을 내놓았죠.

"취미요? 독서입니다. 하하."

사장님이 호탕하게 웃으며 특유의 경상도 사투리로 말했습니다.

"독서가 믄 취미고? 독서는 일상 아이가?"

사전적 의미로 취미는 '비전문적으로 즐기는 일'을 말한다면 '일상'은 '날마다 반복되는 생활'입니다. 즐기는 일을 넘어서 매일 반복하는 생활, Life, 인생 그 자체가 되는 겁니다. 따로 떼어 두는 개념이 아니란 거죠.

글쓰기를 작업으로 인식하기보단 수시로 발상하고, 수시로 쓰고, 수시로 정리하고, 수시로 고쳐 보세요. 취미를 넘어서 일상으로. 여러분은 할 수 있습니다.

Day 25

글쓰기에 도움이 되는 추천 목록

이 도서관에 들어오면
내가 왜 여기서 나가는지 이해할 수가 없다.
— 마리 드 세비네

글쓰기를 위한 대도서관

다양한 글쓰기 재료를 찾을 수 있는 사이트와 도구들을 소개하겠습니다. 저에게는 또 다른 도서관이자 보물창고와 같습니다.

구글링

검색계의 화개장터입니다. 있어야 할 건 다 있죠. 구글링은 '구글' 사이트에서 검색하는 걸 일컫는 단어인데요. 강의를 준비하거나 원고를 쓰며 자료 조사할 때 네이버나 다음도 좋지만, 구글에서 주로 많이 얻습니다. 몇 가지 팁이 있습니다.

예시로 직접 실습해 보세요.

① 특정 검색어를 포함하고 싶을 땐 큰따옴표(" ")

예) 글쓰기 "강사"

② 비슷한 정보를 찾고 싶을 땐 검색어 앞에 물결(~)

예) ~글쓰기 강좌

③ 특정 단어를 결과에서 제외하고 싶을 땐 검색어 사이에 하이픈(-)

예) 글쓰기 강좌-책 쓰기

④ 단어나 문장이 떠오르지 않을 땐 별표(*)

예) 이동영*책 제목

⑤ 날짜나 가격 등 범위를 지정하고 싶을 땐 숫자 사이에 마침점 2개(..)

예) 마라톤 2019..2020

⑥ 파일 레퍼런스가 필요할 때(파일.확장자)

예) ○○.hwp / ○○.pptx / ○○.pdf 등

인스타그램 저장 기능 & 아카이브용

인스타그램 앱에서 책갈피 표시가 있는데요. 관심 있는 게시물을 스크랩할 수 있는 '앱'하드 기능이라고 할 수 있겠네요.

인스타그램은 1인당 총 5개 계정을 만들 수 있는데요. 저도 그중 1개 계정을 그때그때 새로운 단어나 문장 수집을 하고, 글을 쓰거나 강의를 준비할 때 영감을 주는 콘텐츠를 캡처해서 한곳에 모아두는 아카이브 용도로 사용합니다.

하나 더, 인스타그램은 #해시태그로 팔로우(구독)를 할 수 있는데요.

예를 들면 #방인테리어 #요리레시피를 '팔로우'했을 때 누군가 해시태그를 달아 해당 콘텐츠를 올리면 피드에서 상시 받아 볼 수 있습니다. 집단지성의 이미지 버전이라는 생각이 듭니다. 관심 분야가 있으면 해

시태그를 검색해서 '팔로우' 버튼을 클릭해 보세요.

무료 팟캐스트 추천 목록 – 팟빵, 오디오클립

제가 팟캐스트 앱 중에서 「팟빵」 앱을 내려 받아서 편하게 구독하는 목록입니다.

다음 세 방송은 오리지널 오디오 팟캐스트용으로 최초 제작한 방송들인데요. 최근보다는 몇 년이 지난 시즌 1이나 초반 방송부터 정주행하기를 추천합니다. 진행자나 작가, PD 등이 중간에 교체되면서 다소 분위기가 바뀌어서 최근순 역주행보다는 발행순 정주행이 좋습니다.

- 문학동네 채널1 : 문학이야기(신형철)
- 라디오 책다방 시즌1(김두식, 황정은)
- 창비라디오 : 이동진의 빨간책방(이동진, 김중혁 등)

「이동진의 빨간책방」의 허은실 작가(시인)가 쓴 『나는, 당신에게만 열리는 책』이라는 오프닝 모음집 책이 있는데요. 시인의 세밀한 감성을 '책글'이 아닌 '말글'로 어떻게 맛있게 옮겨 적었는지 엿볼 수 있습니다. 글을 잘 쓰고 싶은 분들뿐만 아니라, 말을 잘하고 싶은 분들에게도 추천합니다.

다음 두 방송은 출퇴근길에 듣거나 잠자기 전에 듣기 좋습니다.

- 김영하의 책 읽는 시간(김영하)
- 일생 동안 당신이 반드시 읽어야 할 100권의 책 : 일당백(정영진, 정미녀, 정박, 마돈)

「일당백」은 첫 업로드 당시엔 유료로 올라왔다가 일정 기간이 지나면 무료로 전환되니 참고하세요.

다음 방송은 제가 청취자 전화 연결을 해서 인연이 깊은 MBC 표준 FM 방송입니다.

• 안영미, 최욱의 에헤라디오(안영미, 최욱)

다시듣기를 팟빵 앱에서 할 수 있습니다. 특히 수요일 코너인 차예린, 김대호 아나운서 패널의 「너와 나」 코너는 글을 쓸 때 도움이 되는 어원과 유래, 속담을 흥미롭게 배울 수 있습니다.

다음 방송은 MBC FM4U 방송으로 밤 11시부터 새벽 1시까지 하는 라디오 방송입니다.

• 푸른밤, 옥상달빛입니다(옥상달빛)

역시 다시듣기가 팟빵 앱에서 가능합니다. 오프닝부터 늘 인사이트를 주기 때문에 좋은데요. 공감 가는 청취자들의 사연은 물론 옥디스크와 달자키자키(옥상달빛 DJ 닉네임)의 유쾌한 입담, 짜임새 있고 센스 있는 코너에 울고 웃게 되는 방송입니다. 특히 2부가 시작될 때 옥상달빛 멤버가 짧은 에세이 낭독을 하는데요. 웬만한 에세이 책보다 공감됩니다.

「오디오클립」이라는 네이버 버전의 팟캐스트 앱에서도 팟캐스트 청취가 가능합니다. 방송 몇 가지를 추천한다면 '「마이크임팩트」 세상을 바꾸는 이야기'의 「빅퀘스천」 시리즈를 들어 보면 인사이트가 있을 겁니다. 대놓고 글쓰기 콘텐츠도 있습니다. 「강원국·백승권의 글쓰기 바이블」이나 「월간 정여울」 같은 방송입니다.

전자책 무제한 월정액 서비스

월정액 자동결제를 하면 누구나 첫 달에는 무료로 이용이 가능한 전자책 서비스입니다. 「리디셀렉트」, 「예스24북클럽」, 「밀리의 서재」 등이 있습니다.

저는 모두 써 봤으나 「리디셀렉트」는 전자책 전용 온라인 서점 리디북스에서, 「예스24북클럽」은 온라인 서점 및 공연, 기프트 등의 플랫폼이 있는 예스24에서 하는 서비스여서 그동안 자주 써 왔던 앱이라 계속 쓰고 있습니다. 온라인 서점에서 판매하는 모든 책을 월정액 서비스로 읽을 수 있는 건 아니지만, 책 목록이 점점 업데이트되고 뷰어도 많이 개선되어서 조금만 익숙해진다면 여러모로 유용하니 추천드립니다.

가입 후 스마트폰에서 뷰어 앱만 간편하게 내려 받으면 됩니다. 몇 만 권을 소지해도 무게는 스마트폰이고, 어두운 곳에서도 여행을 갈 때도 이사를 갈 때도 아주 좋습니다.

다만 종이책이 더 좋다는 분들은 아직 익숙지 않아서 약간의 반감이 있더라고요. 하지만 장서의 괴로움부터 덮어 놓고 사들이는 책 때문에 거지꼴을 면하지 못하는 생활을 다 청산하고, 책값을 월 5,000~6,000원대로 확 줄이는 장점이 있습니다.

오디오북

앞서 말씀드린 「밀리의 서재」, 「팟빵」, 「오디오클립」 앱에서 오디오북을 이용할 수 있습니다. 유료입니다. 성우뿐만 아니라 유명 배우들이 낭독하는 오디오북이라 느낌이 다릅니다. 네이버와 같은 곳에서 지속적으로 투자가 이뤄지는 걸 보니 오디오북 시장은 앞으로도 꾸준히 발전을 거듭할 듯합니다.

멜론 – '피아노 연주곡 모음' 검색

적당한 백색소음은 글 쓰는 데 도움이 됩니다. 간혹 카페에서 가사가 들리는 노래가 글 쓰는 데 집중을 방해한다면 잔잔한 피아노 연주곡 모음을 틀어 놓고 글을 쓰면 좋습니다.

NEB – 온라인 서점 '예스24' 포인트 쌓기

「예스24」 앱을 사용하는 분들은 포인트를 매일매일 차곡차곡 모아서 현금으로 전환이 가능한 「NEB」 앱을 내려 받아 사용해 보세요. 저는 이 앱에 매일매일 접속해서 포인트를 쌓아 정말 티클 모아 책값에 보태는 기적을 맛보는 중입니다.

특히 2시 4분이나 밤 11시 이후 출석 체크, 룰렛 돌리기 등에서는 15포인트에서 최대 500포인트(500원)까지 쌓아서 5,000원 이상이 되면 현금으로 전환할 수 있으니 놓치지 마세요.

네이버 블로그

매일 일상 글과 양질의 콘텐츠를 올리고, 이웃(팔로워) 관계를 잘 운영(이웃추가 및 좋아요&댓글 소통)하면 3개월 이상만 해도 포털에 노출될 가능성이 높아집니다. 단점은 '최소' 3개월 이상을 매일 해야 한다는 것이죠. 카테고리에 가장 자신 있는 콘텐츠 게시판 1개, 리뷰와 추천 글을 올리고 스크랩 공유도 하는 게시판 1개, 일상 글을 올리는 게시판 1개 정도를 꾸준히 올려 보길 권장합니다.

카카오 브런치

심사를 통과해야 공개 글을 발행할 수 있는 '브런치 작가' 자격이 주어집니다. 하지만 한 번 통과가 되어 꾸준히 포스팅하기만 하면 출판 기회 등이 주어지는 프로젝트가 많고 다음 포털이나 카카오톡 검색에 노출이 용이해집니다. 글쓰기를 좋아하는 사람들에게는 최적의 플랫폼이라고 평하고 싶습니다. 보다 자세한 건 30일 차의 '카카오 브런치 작가에 도전해 봐' 편에서 다루겠습니다.

네이버 지식인의 서재

괜찮은 책을 많이 추천받을 수 있고, 이 시대 대한민국 지식인들은 어떤 책을 읽는지도 알 수 있는 흥미로운 콘텐츠입니다.

유튜브(특히 인문 철학 강의)

요즘은 검색을 포털보다 유튜브에서 먼저 하는 시대라고 하죠? 짧고 굵은 강의가 있는 TED와 함께 「세바시(세상을 바꾸는 시간 15분)」와 같은 강연 콘텐츠도 유튜브에서 쉽게 즐길 수 있습니다.

글쓰기 대가라 불리는 분들의 강의 시청은 물론이고요. 강신주, 김경집, 최진석 등 재미있고 깊이 있으면서 이해하기 어렵지 않은 인문 철학 강의를 무료로 볼 수 있습니다.

네이버 사전

스마트폰 바탕화면의 가장 잘 보이는 곳에 내려 받아 놓고서 아는 단어도 수시로 확인하면서 글을 쓴다면 좋겠습니다. 모르는 단어 검색도 좋고요. 무료인 데다가 동의어, 유의어, 반의어. 활용 예시 등 표준국어대사전, 고려대한국어대사전, 우리말샘(국립국어원에서 만든 전국민 집단지성 사전 플랫폼)이 검색결과로 나오기 때문에 정말 이용하기 편합니다.

네이버 지식백과

음식백과, 건강백과, 어린이/학생백과, 미술백과, 학생백과, 수학/과학백과, 밀리터리백과, 역사백과, 동물/식물백과 등등 각종 문헌을 출처로 하여 궁금한 건 다 찾아볼 수 있는 온라인 백과사전입니다.

네이버 「책문화」

네이버 메인 화면의 섹션 순서를 임의로 정할 수 있습니다. 책과 글쓰기에 관심을 가지고 있다면 「책문화」 섹션을 메인으로 설정해 보세요. 출판사에서 하는 다양한 이벤트(북콘서트, 책 증정, 서평단 모집 등)에 응모할 수 있습니다.

엽서시 문학 공모 – 공모전 사이트

각종 문학 공모전부터 백일장까지 관련 정보를 얻을 수 있습니다.

문피아

출판사 편집자도 살펴보기 때문에 책 출간의 기회가 생기기도 하는 웹 소설 연재 커뮤니티입니다.

씀

매일매일 글쓰기 주제를 팝업 알림으로 받아볼 수 있고, 글 올리기도 가능한 앱입니다.

한국어 맞춤법/문법 검사기

추천 사이트 http://164.125.7.61/speller

부산대학교 인공지능연구실과 (주)나라인포테크가 함께 만든 검사기로 개인이나 학생이 무료로 사용할 수 있습니다.

책볼래 모임 – 독서 클럽

제가 대학 시절부터 운영한 독서 클럽으로 독서모임과 필사모임을 합니다. 제가 독서모임으로 글 쓰는 데 많은 도움을 받았기에 여러분에게도 어떤 독서모임이든 후기 좋은 곳을 찾아서 참가하길 추천합니다. 28일

차의 '책, 어떻게 읽고 있니?'에서 더 다루겠습니다.

퇴사학교 – '나를 발견하는 30일 글쓰기' 수업

대한민국 직장인들이 더 행복하게 일하기를 바라며 설립한 「퇴사학교」에서 진행하는 글쓰기 수업으로 제가 강의하고 있습니다. 12명 소수 선착순 마감이며, 매주 토요일 4주 강좌로 진행합니다. 만약 일정이 변경될 경우 「퇴사학교」 홈페이지에 명시되니 확인하면 됩니다.

에버노트

글 쓰는 많은 분이 추천하는 메모 앱입니다. PC와 스마트폰으로 연동하여 사용할 수 있습니다.

샵# 맞춤법 검색 – 카카오톡 채팅방

예) '#희안하다 희한하다'라고 카톡창 오른쪽에 있는 #샵 버튼 뒤로 입력하면 '희한하다가 바른 표현입니다.' 하고 나옵니다.

나에게 하는 채팅 – 카카오톡 채팅방

에버노트와 같은 고급 앱 사용이 미숙한 저 같은 경우에는 나에게 하는 채팅으로 이미지, 링크, 텍스트 메모를 하고 뒤에 태그를 달아 검색하며 글 쓰는 데 활용합니다.

예) 브런치에 올릴 글감을 메모했을 때는 내용을 쓰고 뒤에 '브런치 글감', 좋은 멘트가 떠올랐을 때는 '강연 멘트 아이디어', 아포리즘이나 명언 같은 인용구를 메모한 뒤에는 '어록'이라고 씁니다. 단, 주의해야 할 점은 '대화 내보내기'를 정기적으로 해야 합니다. 이미지 등은 기간이 만료되면 내려 받기가 안 되고 열람도 할 수 없습니다.

이동영 권장 도서(이동영 작가의 취향이 반영된 것이니 참고만 하세요.)

김애란, 『침이 고인다』
김연수, 『소설가의 일』
김은경, 『에세이를 써보고 싶으세요?』
김중혁, 『뭐라도 되겠지』
김하나, 『힘 빼기의 기술』
김훈, 『라면을 끓이며』, 『자전거여행』
도러시아 브랜디, 『작가 수업』
박진성, 『김소월을 몰라도 현대시작법』
신영복, 『강의』
신정철, 『메모 습관의 힘』
안도현, 『가슴으로도 쓰고 손끝으로도 써라』, 『안도현의 발견』
어쩌다 어른 제작팀, 『tvN 프리미엄 특강쇼 어쩌다 어른 1, 2』
유시민, 『공감필법』
이동귀, 『너 이런 심리법칙 알아?』
이외수, 『글쓰기의 공중부양』
이한영, 『너 이런 경제법칙 알아?』
정유정·지승호, 『정유정, 이야기를 이야기하다』

정혜윤, 『작가를 위한 집필 안내서』

정희모·이재성, 『글쓰기의 전략』

파리리뷰 시리즈, 『작가란 무엇인가 1, 2, 3』

프리츠 게징, 『마음을 흔드는 글쓰기』

한동일, 『라틴어 수업』

허은실, 『나는, 당신에게만 열리는 책』

EBS 제작팀, 『EBS 다큐프라임 ○○○○』 시리즈

Day 26

좋은 문장을 필사해 봐

처음 읽기 시작한 책을 놓고
바로 필사하는 것은
익히지 않은 음식을 먹는 것과 같겠죠.
충분히 자기 것으로 만든 다음
필사로 넘어가는 것이 현명합니다.
— 조경국, 『필사의 기초』

필사로 감각을 익힐 수 있어

제가 처음 필사를 접한 건 꽤 오래전입니다. 우연히 어떤 책에서 '필사를 하면 좋다.'라는 걸 봤는데요. 저는 생각이 나면 실행해 보는 편이라 바로 빨간 노트를 사서 짧은 아포리즘을 몇 페이지에 걸쳐 적어 두었습니다. 이후 신기한 일이 벌어졌습니다. 그 문장들이 문득문득 떠오르더니, 지금까지도 종종 기억이 날 정도가 된 것입니다. 말을 할 때나 글을 쓸 때, 적재적소에 빨간 노트 속 텍스트가 이미지로 '파바박' 하고 펼쳐지는 겁니다. 왠지 똑똑해지는 기분까지 드는 체험을 했습니다.

이처럼 필사의 강력한 기능 중 하나는 단기기억을 장기기억으로 바꿔 준다는 점입니다. 내 속도에 맞춰 노트에 잘 적어 두고서 가끔 다시 펼쳐 보세요. 필요한 상황에 꼭 떠오릅니다. 학교에서 시험을 잘 보기 위한 '필기' 이래로 해 본 적이 없다면 꼭 경험해 보길 바랍니다. 필기와 필사는 결이 다릅니다. 필기는 그 내용을 토대로 평가를 받아야 하지만 필사는 평가를 받지 않습니다. 필기는 선생님이 연단에서 강조를 하지만, 필사는 셀프입니다. 그럼 시험에도 안 나오는 필사를 도대체 왜 할까요?

좋은 문장은 텍스트로 가만 멈춰 있지 않고 살아서 울림을 줍니다. 사람의 마음을 흔들고 몸을 움직이게 하여 결국 세상을 흔드는 것이죠. 문장에 있는 문자 그대로만 세상이 변화한다는 말이 아닙니다. 전혀 연관 없는 문장끼리도 인간 개개인에게 복합적인 융합 작용이 일어나 사회에서 서로 부대끼며 마찰을 빚어내고 끝내 의미 있는 빅뱅을 만들어 내죠. 이뿐만이 아닙니다.

제가 앞서 글쓰기는 감각의 영역이라고 말씀드린 바 있죠? 문장을 베껴 씀으로써 감각을 익힌다는 건 문장의 형식을 익히고, 어휘를 문맥상 어떻게 쓰는지 익히며, 행간의 의미를 익히고, 독자에 따라 어떤 상황에서 어떻게 받아들여지는지를 천천히 익히는 일입니다.

고백하자면 저도 혼자서 필사를 꾸준히 이어오진 않았습니다. 제가 게으르기도 했고, 그렇게 쓰려면 뭔가 정갈하고 예쁘게 손글씨를 써야만 한다는 압박도 있었으니까요. 잠시 노트북으로도 필사를 시도했지만 오래가진 못했습니다. 독서나 필사는 지극히 개인적인 행위이기 때문에 자기 자신과의 싸움이자 거듭되는 도전으로 남습니다. 태생적으로 누구에게 보여 주기 위해서가 아니라, 나에게 오롯이 집중하는 시간 속에 있기 때문이지요. 그래서 소중합니다. 혼자 있는 시간을 시선의 의식 없이 채우는 일은 내 인생에서 나로 돌아와 주체성을 회복하는 작업입니다.

그럼 '좋은 문장'이란 무엇일까요? 굳이 따져 보자면 본래부터 좋은 문장도 있습니다. 그렇지만 내가 어떤 관점으로 소화해 내느냐에 따라 좋은 문장으로 받아들여지기도 합니다. 내가 즐기는 문장, 내게 도움이 되는 문장, 내게 운명처럼 다가와 내 색채로 스미는 문장이 좋은 문장입니다.

강좌 마지막 시간에 필사를 하는데요. 이와 관련해서 수강생들이 종종 하는 질문이 있습니다.

"번역 투 문장을 필사하는 건 글쓰기에 도움이 되나요?"

결론부터 말씀드리면 번역 투 문장은 글쓰기를 잘하기 위한 목적으로는 최선이 아닙니다. 번역 과정을 한 번 거쳤기에 나라마다 고유한 언어적 특성이 다소 부자연스럽게 느껴지지요. 번역가의 능력에 따라서도 차이가 있다고 하지만 저는 번역 능력이 없기 때문에 번역가들에게 그저 감사할 따름입니다.

번역된 책은 문장의 유려함보다는 작가의 색깔이 담긴 표현법이나 콘텍스트에 집중해서 읽으면 더 도움이 됩니다. 고전 반열에 오른 외국 작가들의 책은 번역 투 이상의 울림이 있잖아요? 그러니 해당 주제를 어떻게 글로 풀어냈는지에 집중해서 보면 좋습니다. 문장력 하나로만 좋은 글을 선별하진 않으니까요.

국내에도 문장력이 좋은 작가가 많습니다. 하지만 제가 이런 작가들을 추천하더라도 본인의 취향이나 마음에 맞지 않으면 소용없습니다. 실제로 한 수강생이 필사할 만한 책을 추천해 달라는 말에 김애란 작가 책을 추천했는데, 작가 특유의 어두움에 울기만 울고 필사는 제대로 하지 못했다는 하소연을 듣기도 했습니다. 그것 역시 문장이 좋아서 몰입했던 거겠지요.

좋은 책 고르는 법 = 나쁜 책 거르는 법

작가나 책은 추천받기보다는 스스로 나서서 찾을 때 가장 좋습니다. 나와 맞는 책이나 작가를 찾는 건 집을 보러 다니는 것과 비슷해요. 나는 그 책에 들어가 일상을 살게 될 테니 말입니다. 저는 그것이 혹여 자기계발서라도 괜찮다고 생각합니다. 다수의 다독가분이 자기계발서는 반사적으로 비추천하는데, 저는 생각이 다릅니다. 만약 자기계발서가 자신에게 인사이트를 줘서 성장과 변화에 일조했다면 그 책은 자기 인생의 책이 되는 거니까요. 다만 콘텐츠나 발상, 자료를 인용하는 건 몰라도 문장력이나 이야기 전개 능력으로 봤을 때는 시, 에세이, 소설과 같은 문학 서적을 더 권장합니다.

좋은 문장을 따지기 전에, 각자 나름대로 '좋은 책'의 재정의가 필요합니다. 저는 좋은 책이란 '나에게 도움이 되는 책'이라고 생각합니다. 여기서 말하는 도움은 내가 책을 읽는 목적에 따라 달라지겠죠. 뭔가 영감을 얻기 위해 책을 펼쳤는데 영감을 주었다면 그게 최고로 좋은 책인 겁니다. 오늘 같은 날은 다 쏟아 내고 싶다, 울어 버리고 싶다고 생각하고 책을 펼쳤는데, 펑펑 나를 울리면 그게 좋은 책인 거죠. 내 지식을 채워 주거나 유희가 되거나 감흥을 주거나 공감과 위로를 준다면 내 상황에 따라서 내 인생의 책이 되는 겁니다. 『어린왕자』와 같은 책만 보더라도 학창 시절에 읽었을 때와 성인이 되어 읽은 느낌이 마치 다른 책처럼 새롭잖아요? 저는 여러분이 지금 각자의 순간과 시기에 개인적으로 끌리는 책을 읽으면 가장 좋지 않을까 합니다.

좋은 책을 고르는 건 나쁜 책을 잘 거르느냐의 문제이기도 하죠. 「오디오클립-이동우의 10분 독서」에서 이동우 작가(이동우콘텐츠연구소 소장)는 "이 정도의 책은 걸러 내 보는 게 어떨까 생각한다."면서 다음 4가지 정도로 꼽습니다.

① 이미 트렌드가 지났는데 그대로 답습하는 책

② 인용을 넘어서 남의 책을 그대로 베껴 짜깁기하는 책

③ 에세이·소설을 제외하고, 순수하지 못한 홍보용 브로슈어 같은 책

④ 저자 본인이 끝까지 완성하지 않은 책

필사모임 방법

이제 좋은 책, 좋은 문장을 골랐다면 어떻게 해야 할까요? 저는 개인 필사가 체질적으로 힘들어서 필사모임이란 걸 만들었습니다. 상대에게 내가 베껴 쓴 문장을 전달하기 위해서는 깊이 있는 이해가 필수입니다. 필사모임의 순서는 다음과 같습니다. 모임을 만들고 싶은 분들은 보고 참고하세요.

① 각자 필사 하고픈 책을 한 권 '자유롭게' 챙겨 옵니다(단, 성경과 불경은 '모임' 특성상 제외).

② 약 50분~1시간 조용히 읽으며 마음에 와 닿는 문장, 소개하고픈 문장을 '자유롭게' 필사합니다.

③ 돌아가면서 각자 필사한 책을 짧게 소개합니다. 그리고 필사한 문장을 자신의 목소리로 낭독합니다. 이 문장을 필사한 이유 혹은 문장과 관련해서 하고 싶은 말을 나눕니다. 다른 참가자들도 자유롭게 대화를 이어갑니다.

이렇게 총 2시간 내외로 진행하면 시간이 금방 지나갑니다. 책을 부분적으로 읽는다는 한계가 있지만, 그 부분을 온전히 읽는다는 점에서 만족도가 높습니다. 흥미로운 점은 필사모임에 참여하는 약 85% 이상이 그동안 읽는 걸 미뤄 두었던 책을 가져온다는 사실인데요. 필사모임의 가장 큰 효과 중 하나라고 생각합니다. 다들 산 지 몇 년이 되었는데 중고서점에 팔면 최상위 등급을 받을 만한 빳빳한 책을 들고 살짝 부끄러워합니다. 그러나 부끄러워할 일은 전혀 아니에요. 중요한 건 오늘 읽고 베껴 쓰고 이야기를 나누었다는 점이니까요. 필사모임은 독서의 시작이 됩니다.

꼭 처음부터 차례대로 필사하지 않아도 좋습니다. 소설이라면 그럴 수밖에 없겠지만, 필사모임에서 글쓰기 감각을 기르기 위해 필사하기 좋은 책으로는 아무래도 에세이나 시집, 인문교양서를 꼽습니다. 필사의 효과는 실제 연구 결과로도 긍정적입니다. 연필로 종이에 쓰는 행위만으로도 마음이 차분해지고 정신이 맑아지며 생각이 정리되는 힐링 효과가 있는 것이죠.

우리가 어휘와 문장을 많이 알수록 좋은 이유는 그것을 자랑하기 위해서가 아닙니다. 오히려 많이 아는 사람일수록 상대를 배려할 줄 알아서 쉽게 설명하지요. 궁극적인 이유가 있습니다. 우리는 아는 어휘만큼만 생각합니다. 말을 하거나 글을 쓴다는 건 축적된 생각의 양과 질이 정리되어 드러나는 작업이니까요.

저는 제 강좌나 모임에 참여하기 어려운 분들, 특히 지방에 살거나 해외에 사는 분들이 이 책을 적용해 보길 바랍니다. 어차피 소수 정예 위주로만 강의하는 스타일이라 제 강좌가 이 책으로 홍보되는 것보다는 각자 글쓰기를 즐기는 독자님들이 되길 진심으로 바랍니다. 필사가 글쓰기에 별로 도움이 안 된다는 주장도 있지만, 저는 '필사모임'이 책 내용을 곱씹으며 서로 이야기를 나누기 때문에 도움이 된다고 확신합니다. 위 방법을 참고 삼아 필사모임을 결성해서 단 몇 명이라도 함께 이어가 보세요. 감히 말씀드리지만, 막연히 생각하는 것보다 훨씬 더 재미있고 유용합니다.

우리는 '필사(筆寫 : 베껴 쓰기)'라고 하면, 이미 쓰여 있는 텍스트를 빈 종이(혹은 파일)에 옮겨 적는 것이라 연상합니다. 통용되는 상식, 사전적 의미, 표면적으론 정확히 맞는 말이죠. 잠시 조금 다르게 정의해 보겠습니다. '모든 문학적 순간을 포착하고 글로 적어 내는 행위'가 전부 다 '필사'라고 말이죠. 글쓰기는 그 자체로 필사의 속성을 품고 있습니다. 제가 '글짓기'보다 '글쓰기'라고 말하는 걸 선호하는 이유입니다.

글쓰기는 보통 무(無)에서 유(有)를 창조해 낸다고 하지만 제 생각엔 '유'에서 '새로운 관점의 유'로 각색하는 것에 더 가깝습니다. 좋은 문장을 책에서만 찾을 것이 아니라, 삶을 문장으로 발견하는 남다른 시선이 비로소 필사의 첫 입문이겠지요.

베껴 쓰기라고 해서 무슨 엑셀 공부하듯 글쓰기도 '무작정 따라 하기'를 추천하고 싶지 않습니다. 무작정 따라 하지 말고 마음 다잡고 시간을 정해서 해 보면 좋겠어요. 그다음에 끌리는 책이나 미처 못 읽은 책을 펼쳐 보세요. 자기 나름의 속도로 읽고요. 새기고 싶은 문장이 있다면 노트에 한 글자씩 곱씹어 가며 옮겨 적어 보세요. 그 책의 작가가 되어 보는 짜릿한 경험을 하게 될 겁니다.

Day 27

바로 써먹는 글쓰기 잔기술

누구나 재능은 있다.
드문 것은 그 재능이 이끄는
암흑 속으로 따라 들어갈 용기다.
— 에리카 종

#잔기술 1—연상 또 연상

유재석처럼 말을 잘하는 사람들도 가만히 보고 있으면 그만의 연상 작용이 있는 걸 알 수 있습니다. 어떤 걸 떠올리면 바로 마인드맵에서 어떤 가지가 뻗쳐지고 재빨리 그걸 선택하는 것이죠. 경험에 따른 위트는 여기에서 옵니다. 코미디언이라면 '이때 이것과 이것을 결합하면 사람들이 웃었어!'와 같은 공식이 입력되어 있는 것이죠. 그걸 잘 응용하는 사람은 재치 있다는 인상을 남깁니다.

글도 마찬가지입니다. 글쓰기가 습관이 되면 레퍼런스가 쌓이게 됩니다. 잔기술을 하나 구사해 볼까요? 먼저 글쓴이가 연상해서 전달하는 방법입니다. 작가의 머릿속에 어떤 키워드 하나가 입력되면 산출되는 결과는 여러 개입니다. 동의어, 유의어, 반의어, 유사사례, 인물, 속담, 명언, 어원, 유래 등등. 예를 들어 저 같은 경우, '반복'이라는 키워드를 놓고 보면 『시지프의 신화』에서 시지프가 받는 형벌인 '시지프의 노동'이라든지, '성장', '성숙', '시행착오', '아파트 보일러 온수', '명절 선물세트'와 같은 것이 한꺼번에 떠오릅니다.

연상 작용은 이처럼 다소 엉뚱해도 좋습니다. 아이디어는 엉뚱함 속에서 반짝거리기기도 하니까요. 다양하게 활용할 수 있습니다. 머리가 하얘질 땐 평소에 적어 둔 메모장이 있다면 걱정 없겠지요. 이런 과정의 결과로 제가 '반복'이라는 키워드로 쓴 아포리즘이 있습니다.

우리는 모두
반복을 하면서 성장하고
반복을 줄이며 성숙한다.

다른 사례를 들어 보겠습니다. 19금 드립의 대가인 신동엽의 개그는 유쾌합니다. 테마는 야한데 독특한 유쾌함에 웃음을 짓게 되지요. 그가 19금 드립을 해도 호감인 이유는 무엇일까요? 저는 이렇게 결론을 내렸습니다. '여지'를 남기기 때문이라고요. 같은 말도 직설적으로 했을 때 찌푸려질 때가 있죠? 근데 신동엽의 특기는 상대방에게 생각의 여백을 주고 그걸 채우라며 넘겨 버립니다. 1초 정도 후에 빵 터지는 거예요. 상대방이 연상하도록 하는 방법은 글쓰기에서도 유효합니다.

문학에서는 메타포(은유)를 사용하죠. 아리스토텔레스는 은유를 '천재의 표징'이라고까지 말했습니다. 문학적 글쓰기에서는 은유를 어떻게 사용할까요? 책 『가슴으로도 쓰고 손끝으로도 써라』에서 시인 안도현은 이렇게 표현했습니다.

'개나리꽃은 노랗다.'가 '개나리꽃은 병아리 부리다.'가 되는 순간 노란 색깔 이외에도 개나리꽃의 모양, 꽃잎의 연약함, 봄의 이미지 등이 첨가된다. '노랗다'는 일상 언어의 평이함이 전면 확장되어 의미의 전이가 이루어지는 것이다.

#잔기술 2-일상에서 인생 생각

저는 영국 프리미어리그 팀 토트넘 홋스퍼 FC를 좋아합니다. 손흥민 선수가 소속된 팀이죠. 그래서 새벽에 일부러 챙겨 보기도 하고, 아침에 일어나 편집된 '골 모음 하이라이트' 영상을 봅니다. 문뜩 스포츠는 인생의 메타포 덩어리란 생각이 들었습니다. 여러분도 한 번 생각해 보세요. '골 모음 하이라이트' 영상을 보면서 '인생'을 대입해 보면 어떤 발상으로 글을 쓸 수 있을까요?

[대답해 보세요: ______________________________]

수강생들에게 물어 보면 대략 이런 대답이 주를 이룹니다.

① 인생은 역시 한 방이다.

② 목표 달성(골)은 혼자서 할 수 없다.

③ 넘어지고 부딪치고 실패해야 비로소 성취할 수 있다.

④ 주의와 경고가 반복되면 물러나야 한다.

⑤ 포기하지 말고 될 때까지 시도하자.

좋은 접근이죠. 저는 하이라이트 영상을 보면서 이런 인생을 대입해 봤습니다.

'내 인생은 죽을 때까지 생중계되고 있지만, 타인의 인생은 하이라이트만 보이는 거구나.'

고로 비교하거나 부러워하거나 부끄러워할 일이 아니란 걸 깨달았습니다. 누군가도 나를 볼 땐 편집된 하이라이트만 보니 날 제대로 알 리가 만무할 테고요. 나도 마찬가지잖아요?

자, 하나 더 있습니다. 이건 유명한 일화라서 많이 들어봤을 거예요. 김연수 작가가 문학동네 카페(네이버)에 연재한 『소설가의 일』 연재 글 중에서 발췌했습니다.

> 오늘 신문에 이런 글이 실렸더라. "4살 아들이 스마트폰 게임을 하다 Fail이 뜨자 좋아하더라. Fail이 무슨 뜻인지 아냐 묻자 '실패'라고 대답하더라. 그래서 실패가 무어냐고 묻자 아들이 '다시 하라는 거야.'라고 했다."

실패했으면서도 다시 하지 않는다면, 대략 3살배기쯤인 셈이다. 이처럼 스마트폰 게임을 하면서도 인생을 대입해 볼 수 있습니다.(위 글은 김연수 작가가 '마감'에 대처하는 소설가의 태도를 강조하기 위한 예화 중 일부입니다.) 많은 상황에서 인생의 정의를 내려 스토리텔링할 수 있다는 걸 알면 일상과 글쓰기가 조금은 더 재밌어질 겁니다.

#잔기술 3–구구절절 설명 말고 보여 줘

문장의 잔기술을 살펴보겠습니다. 자기계발서의 클래식, 『인간관계론』을 쓴 데일 카네기의 명언이 있습니다.

> 나는 신발이 없음을 한탄했는데, 거리에서 발이 없는 사람을 만났다.

많은 인사이트를 주는 글이지요? 김성우 작가의 단장집 『수평선 너머에서』 중에 나온 말처럼 '문약의광(文約意廣)'입니다. 문장은 짧지만, 그 의미는 넓습니다. 이 짤막한 문장에 사람들이 감동하는 이유는 무엇일까요? 분명한 하나의 메시지가 있고, 그림이 그려진다는 점 때문이지요. 구구절절 설명하지 않아도 짧고 간결하게 보여 주었습니다. 거기에 '반전'까지 담았어요. 수사는 대조법을 썼지요? 비슷한 느낌을 주는 문장을 하나 더 보겠습니다.

> 그 사막에서 그는
> 너무 외로워
> 때로는 뒷걸음질로 걸었다
> 자기 앞에 찍힌 발자국을 보려고

이 짧은 시는 파리 지하철 공사에서 공모한 시 콩쿠르에서 8,000편의 응모작 중 당당히 1등을 차지한 당선작입니다. 오르텅스 블루의 글이죠. 역시 글을 읽는 순간부터 사막이 머릿속에 펼쳐집니다. 반전도 있고요. 도치법을 사용했습니다. 감성을 자극하는 장치를 잘 쓴 사례입니다.

자, 이 이야기도 들어 본 적 있을 거예요. 늦겨울, 뉴욕의 거리.

'나는 시각장애인입니다. 그러니 날 도와주세요.'

그는 이런 팻말을 목에 건 채로 구걸하고 있었습니다. 깡통에는 몇 시간 째 동전 몇 푼이 전부였지만 달리 방법이 없었습니다. 이때 지나가던 한 사람이 다가오더니 팻말을 고쳐 주겠다고 하고는 슥슥 뭐라고 씁니다. 잠시 후 놀랍게도 구걸하던 이의 깡통은 순식간에 가득 차게 되지요. 행인은 팻말에 이렇게 고쳐 썼습니다.

'봄은 곧 오는데, 나는 볼 수가 없답니다.'

이 영화 같은 이야기는 실화입니다. 팻말에 글을 고쳐 준 행인은 프랑스 시인 앙드레 브르통이었죠. 팻말에 새긴 건 똑같은 메시지였지만, 표현을 달리한 겁니다. 사실 그대로를 옮긴 게 아니라 감성을 자극하는 수사법을 쓴 거죠. 반전도 있고 그림도 그려집니다. 대중이 지나치는 글이 있고, 대중의 마음을 흔드는 글이 있습니다. 마음뿐만 아니라 몸까지 움직이게 하는 글도 있습니다. 소위 '잘 팔리는 글'인 셈이죠. 나의 이야기를 잃지 않고도 대중을 움직이게 하는 건 단순히 사실을 적시한 설명만으로는 부족하다는 걸 알겠죠?

#잔기술 4─어원과 유래 인용

신형철 문학평론가의 『느낌의 공동체』에 수록된 「말실수는 없었다」라는 글의 첫 구절을 소개해 드리겠습니다.

> 말실수는 영어로 'tongueslip'이다. 혀가 미끄러지면 말이 잘못 나온다는 얘기다. 그러나 혀가 저절로 미끄러지는 법은 없다. 무엇이 혀를 미끄러지게 하는가. 프로이트의 『일상생활의 정신병리학』에 따르면…(이하 생략)

첫 문장엔 주로 확 몰입되도록 핵심을 배치하기도 하지만, 위처럼 주제와 맞는 개념 정의를 하며 시작하는 방법이 있습니다. 앞으로 책과 칼럼을 읽을 때 보일 겁니다. 첫 문장이든 중간이든 마지막이든 하나의 개념을 끌어와서 어원과 유래를 들어 설명하면서 자연스럽게 흘러 들어가는 작가의 잔기술이지요. 어원과 유래를 많이 알면 그걸 인용할 수도 있을뿐더러 풍성한 이해로 글을 쓸 때 자신감도 붙습니다.

자, 그럼 비슷한 예를 들어 볼게요. 혹시 under-stand(이해)란 말(영어)의 어원을 아시나요? 가장 널리 알려지기로는 서 있는 누군가를 아래에서 올려다보는 마음이 이해의 원천이라는 이야기가 있는데요. 고대 영어의 어원을 살펴보면 under(아래에)는 본래 뜻이 among(~중에), inter(~사이에)였다고 합니다. 그러니까 이해(under-stand)란 그 사이에 서서(stand) 동등하게 바라본다는 뜻이죠. '오해하지 않으려면 상대와 같은 관점에서 바라봐야 하지 않을까요?'라고 인용할 수 있는 겁니다. 어때요? 어원과 유래를 활용해 내가 전하고 싶은 메시지를 강조하는 끌어들이는 이야기, 재밌지 않나요?

다음은 김연수 작가의 책 『소설가의 일』 중 한 구절입니다.

> 현대 일본어의 '감사하다'라는 형용사는 아리가타이ありがたい. 즉 어원적으로 '(상대방의 호의 등이) 있기 어렵다.'라는 뜻이라고 한다. 그러니까 흔치 않다는 뜻에서 고맙다는 뜻으로 발전한 단어다. 해서 일본어로 "감사합니다."라고 말하는 건 "흔치 않은 일이 일어났습니다."라고 말하는 셈이다.

팟캐스트 「이동진의 빨간책방」에서 진행자 이동진 문학평론가의 흥미로운 멘트를 다듬어 옮겨보았습니다.

> 각 문학 장르를 지칭하는 우리말이 인상적이에요. 에세이를 우리말(한자어)로 수필이라고 하는데, 따를 수(隨) 자에다가 붓이나 연필의 필(筆) 자를 쓰잖아요. 펜 가는 대로 쓰는 게 수필이라는 얘기인데, 그 말 자체로 참 '에세이'스러운 매력이 있어요. 그렇지 않나요? 그래서 저는 에세이란 말도 좋지만, 수필이란 말이 참 좋아요.
> 시(詩)도 그래요. 시의 한자를 파자해 보면 말씀 언(言) 자에다가 절 사(寺)를 써서 '말씀으로 지은 절'이란 말이에요.
> 소설이란 말도 재밌어요. 소설을 쓰는 사람의 태도를 보여 준다고 할까? 쉽게 이야기하면 '작은 이야기'란 뜻이잖아요. 내가 엄청난 걸 쓸 거야 해서 '대설', '특설'이라고 할 수도 있는데 '소설'이란 말이에요. 수필, 시, 소설, 말 자체가

문학적이라서 참 좋다고 이야기하고 싶습니다.

말을 할 때나 글을 쓸 때나 이렇게 어원을 뜯어보고 파자해 보고 글자, 숫자, 기호 등을 뚫어져라 보세요. 내 손끝에서 기발하고 재미있는 글이 탄생할지도 모르니까요. 게다가 개념을 정확하게 구사할 수 있게 됩니다. 독자에게 풀이해 줄 수도 있으니 금상첨화지요.

사전을 수시로 찾아보라고 몇 번이나 강조했지요? 그럼 제가 퀴즈를 하나 내겠습니다. '오지다'는 표준어일까요? 개그맨 양세형의 유행어이기도 했지요. 만약 표준어라면 무슨 뜻일까요? 이런 독특한 말들을 포착하면 단어를 수집하는 셈치고 그때그때 사전 앱을 찾아보길 바랍니다. 종이사전도 물론 좋습니다.

'허술한 데가 없이 야무지고 알차다.'라는 뜻을 나타내는 말은 '오달지다(준말 : 올지다)'입니다. '오달지다'와 '오지다'가 동의어인 경우는 '마음에 흡족하게 흐뭇하다.'라는 뜻을 나타낼 때이며, '오지게'는 '오지다'의 활용형입니다.

(출처 : 국립국어원 온라인 가나다)

『고려대한국어대사전』과 「우리말샘」에는 '전남 지방의 방언'이라고 표기되어 있습니다.

마지막으로 하나만 더 해 볼게요. 우리가 흔히 쓰는 단어 중에 불교 용어가 많은 것 아시나요? 아마 이 책에도 이미 불교에서 유래한 단어를 수없이 사용했을 겁니다. 어떤 종교적 신념을 떠나서 우리나라 언어에는 역사적으로 불교의 문화적 감수성이 자연스레 녹아 있는 겁니다. 몇 개만 나열해 볼게요. 한 번 네이버에 '불교 유래 용어'라고 검색해서 유래를 확인해 보셔도 재밌을 겁니다.

주인공 / 불가사의 / 찰나 / 다반사 / 지식 / 야단법석 / 대중 / 기특 / 강당 / 관념 / 이심전심/ 이판사판 / 결집 / 나락 / 아수라장 / 아비규환 등등

이게 다 불교 용어라고 합니다. 이 밖에도 찾아보면 '이것도 불교 용어였어?' 하는 게 정말 많습니다. 유래를 살펴보면 불교 설화를 알 수 있으니 재료로 삼아도 좋고 상식을 넓히는 재미로 찾아봐도 좋겠습니다.

Day 28

책, 어떻게 읽고 있니?

나는 책을 읽을 때
타인들이 내 책을
그렇게 읽어 주기를 바라는 것처럼
매우 천천히 읽는다.
— 앙드레 지드

독서 입문자에게 권장하는 독서법

많은 독서법 책이 있지만, 저는 거의 읽어 본 적이 없습니다. 어쩌다 독서 방법이 부록처럼 있는 책 말고 독서법만 콘셉트인 책은 읽기가 좀 부담스럽더라고요. 저처럼 책을 잘 읽지 못하는 사람에겐 남의 독서 방법을 훔치는 것도 선택지로 삼으면 좋지만 스스로 터득하는 게 제일 좋다고 생각합니다. 이렇게 말하면서 어느새 독서법을 몇 자 적고 있네요. 글쓰기에 독서를 빼놓을 수 없어서 불가피하게 부록처럼 넣어 봅니다.

난독(難讀)은 난독(亂讀)으로 치유

'난독(難讀)'은 읽기 어려운 걸 말하고, 보통 '난독증(難讀症)'이라고 말하는 의학 용어와 한자가 같습니다. '난독(亂讀)'은 책의 내용이나 수준을 가리지 않고 아무 책이나 닥치는 대로 마구 읽는 걸 말합니다. 남독(濫讀)

이라고도 하지요. 저는 '난독 증세' 때문에 학창 시절에 교과서를 제대로 읽은 기억이 거의 없습니다.

글쓰기는 마냥 좋았는데 난독 증세는 나름 심각했습니다. 글을 쓰다 보면 어휘나 글감의 한계 때문이라도 책을 찾을 수밖에 없게 됩니다. 그래서 저는 그냥 아무 책이나 닥치는 대로 읽었습니다.

그중에서도 서점에 가서 분량이 짧은 책을 읽었습니다. 어차피 못 읽는다면 난해하더라도 짧은 글을 골라 눈으로 곱씹어 보자 해서 '시집' 코너에 자주 머물렀지요. 지금 제가 짧은 아포리즘을 곧잘 쓰는 건 그때 무슨 말인지도 모르고 읽었던 시들이 무의식에 담겨 있기 때문은 아닐까도 생각합니다. 자랑할 건 아니지만 정말 책을 읽지 못한 것치곤 글을 즐겨 써 왔으니 난독(亂讀)하는 버릇이 제 글에 많은 영향이 있었을 거라고 믿습니다.

글쓰기 실력 향상을 위해서라도 이제 본격적으로 독서를 시작하고자 하는 분들에게 꼭 드리고 싶은 말씀입니다. 「서울대 추천도서 100선」보다는 무작정 서점에 가서 손에 잡히는 대로 읽어 보세요. 끌리는 책은 다 이유가 있습니다.

같은 책을 반복해서 읽는 백독(百讀)

백독이란, 같은 책을 충분히 이해할 때까지 반복해서 읽는 방법입니다. 동기부여는 확실한데 읽기가 어려운 책일 때 백독이 효과적입니다. 막고 품는다는 표현을 하죠? 단, 동기부여도 안 되는 책인데 억지로 읽지는 말고요. 그럼 책과 더 멀어질 뿐이니까요.

많은 작가의 인터뷰에서도 무조건 많이 읽는 것보단 반복해서 읽는 독서 습관이 더 좋다고 말합니다. 무조건 많이 읽고 빨리 읽고 하는 건 오히려 비효율적이라고 생각합니다. 1년에 1만 권 읽기를 하면 '나 그만큼 읽었다.' 하는 이야기를 강연으로 하거나 책에 쓰는 일이 대부분인데요. 적당한 양의 책을 백독한 사람과 큰 차이가 없다고 생각합니다. 무리해서 읽지 말고, 일단 책 한 권이라도 가방에 넣고 다녀 보세요. 언젠가는 반복해서 읽게 되어 있습니다.

독서모임 예찬

독자나 수강생들이 많이 하는 질문이 있습니다.

"작가님은 영감을 주로 어디에서 얻으시나요?"

영감을 얻기 좋은 장소나 상황, 방법은 앞서 소개해 드렸지만, 꾸준히 영향을 받아 온 경로가 있습니다. 바로 '독서모임'입니다. 저는 감히 말하건대, 독서모임만큼 글쓰기에 도움을 주는 밝은 분위기의 사회적 행위는 없다고 생각합니다.

글쓰기만 놓고 보면 개인 행위가 맞지만, 영감을 얻고 자료를 찾는 건 정작 혼자 하기 어렵습니다. 골방에서 글 쓰는 시대는 지난 지 한참 오래죠. 현실적으로도 불가능할 테고요. 사회적으로 부대끼지 않으면 관점은 협소해지고 판단은 자기중심적으로 되고, 자기만의 세계에 고립되어 버리기 십상입니다. 이런 지점에서 볼 때, 그 결론으로 제가 자신 있게 추천하는 독서법은 단연 '독서모임'입니다.

제가 운영 중인 '책볼래 모임'은 소수 정예이기 때문에 지금 신청하겠다고 마음먹어도 아마 자리가 없을 확률이 높습니다. 인기가 많거든요. 현재 더 증설할 계획은 있으니 언제든 문은 두드려 보세요. 2030모임처럼 연령별 모임도 있고, 전 연령이 함께하는 모임도 있습니다. 필사모임, 낭독모임은 물론이고 시집 읽기 모임, 정기 완독모임, 영화+책 모임, 뮤지컬+책 모임, 독후감 쓰기 모임, 소장용 책 쓰기 모임, 자서전 쓰기 모임 등도 기획하고 있습니다. 처음 오는 분도 환영합니다.

제가 하는 곳 말고도 꽤 괜찮은 독서모임이 전국적으로도 정말 많습니다. 다음에 추천하는 곳들을 참고해도 좋겠습니다.

우리의 대화

검색창에 '우리의 대화'라고만 검색해도 나옵니다. 장소는 서울 합정역 근처 북카페에서 주로 모이며, 모임 테마는 자유롭게 가져 와서 읽는 '자유도서'와 미리 정해서 읽어 오는 '지정도서'가 있습니다. 참가비는 음료 포함하여 기본 1만 원이라 부담도 없고, 참가자로서 남는 것이 훨씬 더 많습니다. 모임의 대표인 '북엔터테이너 인걸'님께서 진행을 맡으며 편안하고 매끄럽게 잘해 줘서 처음 참여하는 분께도 추천합니다. 참여 연령층은 20~50대로 다양하나, 30대가 가장 많은 편입니다.

민음 북클럽

출판사 민음사에서 운영하는 독서모임입니다. 기수제로 운영하며 마지막 회원 가입날짜 기준으로 1년 단위입니다. 독서모임을 민음사에서 직접 주최하진 않습니다. 전국 각지의 「민음북클럽」 회원들과 파트너사가 운영하는 독서모임이 있습니다. 독서모임 스케줄을 민음사 블로그 등에 공유하는데, 그걸 보고 소정의 참가비를 내면 선착순으로 신청할 수 있는 시스템입니다.

질문서점 인공위성

독립서점 「인공위성 서울/광주/부산/제주」에서 여는 독서모임인데요. 가끔 SNS를 통해 독서모임 하는 걸 엿보는데, 특히 광주에서의 모임이 활발합니다. 남다른 분위기의 모임 사진이나 각종 후기를 볼 때도 추천할 만한 독서모임이라 소개해 드립니다.

트레바리

유료 독서모임의 새 장을 연 플랫폼이라고 할 수 있는데요. '나는 독서모임에 기꺼이 돈과 시간을 투자하겠다!' 하는 분들은 홈페이지에 가서 살펴봐도 좋겠습니다. 타 모임보다 몇 배가 높은 참가비에다 모임에 따라서는 독후감도 써야 하는데도 대기자가 있을 정도로 인기가 많은 곳입니다. 트레바리 관련 여러 인터뷰를 보았을 때도, 주위 분들의 참가 후기를 보았을 때도 개인이 비용을 감당할 정도만 된다면 추천할 만한 모임이란 생각이 들었습니다.

전 이 글을 읽고 더 많은 분이 독서모임에 참여하고, 또 직접 결성했으면 좋겠습니다. 제가 글쓰기를 이만큼 하는 데 지대한 영향을 끼쳤기 때문입니다.

독서모임이 좋은 2가지 이유를 말씀드리겠습니다.

반강제로 읽는다

혼자서만 책 읽기를 실천하는 건 자유로운 대신에 개인의 게으름에 무너지기도 합니다. 게으름을 피우는 순간 한 달에 한 권 읽기도 버겁게 되지요. 당장 한 달에 수십 권씩 읽지 않아도 좋습니다. 한 달에 단 한 권이라도 제대로 읽는다면 충분합니다. 독서모임은 선정도서를 각자 다 읽고 모여야 하기 때문에 의무감으로 완독에 가까워집니다.

저는 난독증 문제가 있어서 다 읽지 않고 참여해 본 적도 꽤 많은데요. 그럼에도 개인의 최대치를 읽는다는 장점이 있습니다. 그렇지 않으면 화두를 던지지도 못하고, 그 속에 들어가 대화하기도 어렵고, 의외의 인사이트를 얻지도 못한 채 라디오 듣는 느낌만 들고 허무하게 끝납니다. 제가 대학에서 참여한 독서모임 말고, 외부에서 주최한 독서모임에 처음 참여했을 때 딱 그랬거든요. 인사만 하고 단 한마디도 떼지 못한 채로 입만 헤 벌리고 실컷 듣기만 했습니다. 한 번 그렇게 하고 나니까 대화에 끼여서 나도 그 희열을 느끼고 싶다는 생각이 들더라고요. 그렇게 참여하고 직접 독서모임을 주최도 한 지가 어언 10년이 되었습니다. 그럼 2달에 1권꼴로만 읽어도 벌써 60권이잖아요? 지난 10년을 돌아보세요. 60권을 읽고 지적인 대화를 나눠 본 적이 있는지 말입니다.

책을 읽고 모여서 대화한다는 의미는 새로운 책 한 권을 '탄생'시키는 일에 공동으로 참여하는 일입니다. 책을 읽는 한 사람 한 사람도 모두 '사람책' 아니겠어요? 저마다의 사람책들이 모르는 내용의 책을 한 권 읽어 오지요. 대화를 나누다 보면 비슷한 내용도 있지만 색다른 경험이나 관점, 예시를 들어 시야가 넓어집니다. 본래 있던 책 한 권이 새롭게 탄생하는 순간입니다. 그럼 내 인생이, 이 책이 남습니다. 남는 독서가 진짜 독서지요.

이 대화를 위해서 우리는 이 책을 읽은 소회나 내용을 '설명'하기에 이릅니다. 이해하지 않고는 설명할 수 없습니다. 메타 인지, 기억나지요? 메타 데이터를 쌓아 진짜 내 것으로 만드는 독서가 남는 독서입니다. 깊은 독서는 넓은 이해에서 옵니다. 독후감을 써 보면 정리가 되어서 읽은 책을 설명하기가 좀 더 수월합니다.

독서모임에 참여하는 사람들은 다들 잘나고 똑똑해서 책을 읽는 걸까요? 독서모임에 대한 편견 중 하나가 '저기 나도 참여해도 되는 건가?' 싶을 정도로 뭔가 어려운 대화가 오갈 것 같다는 착각인데요. 지적 수준이 높은 독서모임이 있기야 하겠지만, 보통은 같은 책을 읽고 와서 막상 거기에 젖어 들면 아무것도 아닙니다. 솔직히 말해서 독서모임에 참석한 사람 중에 지적 허영심이 아무도 없다고 할 수 있을까요? 그건 거짓말이죠. 누군가는 지적 욕구가, 누군가는 지적 허영심이 조금은 작용했으니 독서모임을 찾아보고 신청한 책을 읽고서 모임 장소까지 걸음

하는 것이죠. 저는 그것도 하나의 책을 읽는 좋은 동기라고 봅니다. 저도 그랬으니까요.

그 밖의 독서법

'독서모임'말고도 추천해 드릴 독서법이 또 있습니다. 이건 호불호가 좀 갈릴 수 있겠네요. '전자책 월정액 서비스 이용'과 '오디오북 서비스 이용', '팟캐스트 청취'입니다. 많은 분이 전자책보다는 종이책을 선호하는 경향이 강하지만 전자책에 조금만 익숙해지면 이보다 더 좋을 순 없습니다. 전자책으로 읽다가 소장할 만하다는 생각이 들면 종이책으로 사도 되고요.

저는 난독이 심하던 시절부터 지금까지 전자책 기능 중 '듣기' 버튼을 눌러 귀로 읽고 눈으로 읽고 입으로 한 번 더 읽습니다. 이 듣기 버튼의 고급 버전이 있습니다. 바로 목소리 좋은 성우나 연기파 배우들의 오디오북 서비스인데요. 유료 오디오북 서비스가 아직은 생소하지만 곧 보편화되어서 지금보다 더 많은 분이 이용할 수 있으면 좋겠습니다. 오디오북 서비스는 대표적으로 네이버 「오디오클립」과 「팟빵」 앱이 가장 이용하기 수월한 편입니다. 저는 귀로 듣고 눈으로 읽은 다음 독서모임에서 이야기하면 내용이 바로바로 기억나서 너무 편하더라고요. 책 읽기가 쉽지 않은 분이 있다면 시도해 봐도 좋겠습니다.

독서는 글쓰기의 시작입니다. 글쓰기로 나를 표현한다면 독서로는 나를 증명합니다. 하루에 단 몇 쪽이라도 읽기를 시도해 보세요. 그다음에 읽은 내용을 누군가에게 설명해 보세요. 괴테가 남긴 명언이 있죠.

지금 네 곁에 있는 사람, 네가 자주 가는 곳, 네가 읽는 책들이 너를 말해 준다.

Day 29

죽기 전에 책을 내고 싶다고?

당신이 읽고 싶은 책이 있는데
그 이야기가 책으로 나오지 않았다면,
당신은 그 이야기를 쓰면 된다.
— 토니 모리슨

글쓰기 강좌와 책 쓰기 강좌의 차이점

책 쓰기 강좌가 대세입니다. 반짝하는 유행이 아니라, 우후죽순으로 생겨나고 있습니다. 그중 어떤 책 쓰기 강좌는 글쓰기가 더는 즐기는 도구가 아니라는 듯 철저하게 책을 '찍어 내는' 공장 형태의 시스템으로 돌아갑니다. 목적이나 태생부터가 그런 책 쓰기 강좌라서 '좋다, 나쁘다'로 말할 수 있는 건 아닙니다. 지갑을 여는 고객들의 니즈와 수요가 있으니 지속해서 공급도 있는 거겠지요.

보통 책 쓰기 정규 강좌를 수강하는 데 드는 비용이 수십~수백 만 원에서 많게는 수천 만 원이 들기도 합니다. 목차 기획부터 출판사와의 계약까지 세밀하게 설계하고 코치해 줍니다. 실제 베스트셀러를 낸 성과도 있습니다. 저는 거의 본 적 없는 책이 대부분이었지만, 굳이 책까지 찾아볼 정도의 필요한 분야가 아니라서 아마 못 봤을 겁니다. 베스트셀러 목록의 주된 분야가 독서법, 공부법, 합격 노하우, 육아법, 고전해설 등이었거든요.

이걸 자세히 안 것은 제가 어느 날 책 쓰기 일일특강 하는 곳에 돈을 내고 직접 찾아가 보았기 때문입니다. 제 글쓰기 수업에서 "책 쓰기 강좌는 어떤가요?" 하는 수강생의 질문에 "경험이 없어서 잘 몰라요."가 할 수 있는 대답의 전부여서, 글쓰기 강좌와 책 쓰기 강좌의 차이를 알아야겠다고 느꼈거든요. 필요하다면 한 번 두드려 보라는 정보를 제공하기 위해서 현장에 직접 걸음을 했습니다.

책 쓰기 강사가 먼저 말을 걸어 주어서 잠시 짧은 대화가 오갔습니다. 제가 거의 맨 앞자리에 앉아 있으니 본격적으로 강의를 시작하기 전에 저를 첫 번째 타자로 콕 집어 질문을 던지더라고요.

"앞에 계신 선생님은 어떤 책을 쓰고 싶으세요?"

(전 그 당시 이미 책을 출간한 경험이 있었습니다. 글쓰기 강의도 하고 있었고요.)

'음, 어디서부터 말해야 하지?'

순간 움찔했습니다. 책과 출판 시장을 많이 조사했을 책 쓰기 강사라는 분이 나를 모른다는 건 그동안 책 시장에서 내 책이 안 팔렸기 때문이고, 내가 무명이기 때문이란 사실을 인정해야 하는 순간이었죠.

'침.착.해. 침.착.해.'

최대한 예의를 차려서 이렇게 말했습니다.

"책보다는 어떤 분들이 책 쓰기 강좌에 오시나 궁금해서 왔습니다."

오히려 살짝 당황한 건 강사였습니다. 예상하지 못한 답이 나오면 질문하는 입장에서 리액션이 어색해지죠. 본래 처음 질문을 던져 답변하는 사람에 따라서 분위기가 달라지는데, 그걸 아는 저도 제 선에서 최선을 다한 솔직한 답변이었습니다. 잠시 후, 책 쓰기 일일특강이 시작되었습니다.

강의는 무엇을 누구에게 듣든지 간에 수강생이 어떤 태도를 취하느냐에 따라 얻어 갈 수 있는 방향과 분량이 정해집니다. 사진은 찍을 수 없다고 하더군요. 엄청 속도를 내서 많은 PPT 슬라이드를 넘겼습니다. 강사는 예상 시간보다도 초과해서 열정적으로 강의를 진행했습니다. 책 쓰기 정식 과정에 등록하라는 오로지 하나의 메시지를 전달하기 위해서였죠.

정작 책 쓰기 노하우는 맛보기만 모자이크 처리해서 보여 주고 자랑스러운 책 쓰기 코치 이력을 늘어놓는 스피치가 한두 번 해 본 솜씨가 아니었습니다. 그 자신감 있는 모습 뒤에 간혹 감춰진 불안함이 보여 한편으론 짠하기도 하더군요. 적어도 겉보기엔 사업수완이 좋은 분이라, 대한민국 대표(급) 책 쓰기 강사를 제대로 만나고 온 건 맞았습니다.

다 듣고 와서 생각했죠. '그래, 난 끝까지 이런 책 쓰기 강좌는 하지 말아야겠다.' 그 강사가 하는 책 쓰기 강좌는 제 강의 철학과는 결이 다르더라고요. 그 나름의 철학은 존중하나 동의하지는 않습니다. '이런 책 쓰기 강좌는 하지 말아야겠다.'라고 생각한 건 비하의 의미가 아닙니다. 지금과 다른 형태의 책 쓰기 강좌도 얼마든지 기획할 수 있다고 생각한다는 취지입니다. 다양한 연령층의 책 쓰기 강좌 수강생들(특히 수강비를 감당할 수 있는 시니어들이 많았음)이 들을 가치가 있다고 판단하니까 제 글쓰기 수업의 수십 수천 배에 해당하는 돈을 기꺼이 내는 거겠죠? 글쓰기 수업을 건너뛰는 책 기획 출판 강의가 많은 아쉬움으로 남았습니다.

더 자세한 내용은 책 쓰기 강사의 영업비밀이겠으나, 이미 온라인에도 공개된 바 있는 책 쓰기 강좌의 커리큘럼은 대략 다음과 같았습니다. 어떤 사람이 저자로서 쏟아 낼 수 있는 하나의 명확한 콘셉트를 잡고, '빡세게' 자료를 조사해서 원고 집필까지 3~4개월 '바짝' 해내는 프로세스. '전문가라서 책을 내는 게 아니라, 도움을 받아서라도 책을 내서 전문가가 되고 싶은 사람'이라면 이 강좌를 선호할 만했습니다.

들으면서 '책 쓰기 강좌 수강은 아무나 할 수 있는 게 아니구나.' 하고 감탄했습니다. 내 이름으로 된 책을 내고 싶거나 꼭 내야만(?) 하는 분이 여유자금은 있는데 시간은 너무 촉박하다면 하나의 선택지가 될 수 있음을 알려 드립니다. 책 쓰기 강좌의 주력 상품군은 자기계발서나 실용서가 아무래도 많은 편이니 참고하세요.

책을 출간하는 3가지 방법

책 쓰기 강좌가 아무래도 부담스러운 분들이나 저처럼 철학에 동의하지 않는다면 제가 알려 드리는 다음 3가지 방법을 참고해 보기 바랍니다. 저는 반기획 출판을 제외하고 나머지 방법을 다 해 봤습니다. 역시 경험은 뭐든지 다 뼈가 되고 살이 됩니다.

① 기획 출판 / 반기획 출판

② 자비 출판

③ 주문형 출판(POD)

기획 출판

기획 출판은 자신이 기획한 원고를 기획서와 함께 출판사에 투고해서 출판하는 방법입니다. 출판사마다 주력하는 상품(책)이 있습니다. 예를 들어 우리가 서점에 가면 '외국어/수험서' 코너가 있고, '감성 에세이' 코너, '자기계발' 코너, '장르 소설' 코너 등등의 매대가 따로 배치된 걸 볼 수 있죠? 각 출판사 색깔을 보여 주는 분야가 있는 겁니다. 길벗출판사는 어학 교재가 많고, 푸른숲출판사는 시사나 정치 분야 도서가 많습니다. 북스피어출판사는 미스터리와 같은 장르 소설을 주로 출간합니다. 감이 잡히시죠?

또 대형 출판사에서는 '임프린트'라고 해서 책들을 분야별로 계열화하고 브랜드로 차별화를 꾀하는 전략을 씁니다. 예를 들어 출판사 문학동네는 북하우스, 애니북스, 달, 오우아, 난다, 싱긋 등 분야별로 20개의 계열사 및 브랜드가 있습니다. 한 번 관심 있게 들여다보면 특화된 저마다의 분야가 있는 걸 알 수 있습니다.

출판사에 원고를 투고할 때는 이 특화된 걸 무시해선 안 됩니다. 엑셀/포토샵 교재를 주로 내는 출판사에 여행 에세이 원고를 내면 아무래도 1차 검토에서 제외될 확률이 높겠죠? 회사에서 원하는 분야나 인재상과 부합하도록 이력서 및 자기소개서를 제출해야 1차 서류 합격의 가능성이 있는 것처럼 말입니다. 미리 분야를 잘 파악하여 출간기획서를 작성하는 것이 원고 투고의 기본 요령입니다.

먼저 분야에 맞춰서 출간기획서를 작성합니다. 출판사가 저자에게 투자하기 위해 판단하는 건 원고 이전에 기획서입니다. 시중에 판매되는 대다수 책은 첫 장이나 마지막 장 판권 페이지에 출판사 홈페이지 주소 혹은 메일 주소를 공개하니 책을 기획해서 원고투고를 하고자 한다면 판권지를 살펴보면 됩니다.

보통 출판사에서 책을 한 권 내는 데 약 1,000만~2,500만 원의 비용이 든다고 합니다. 투고를 해 본 사람들은 자신의 원고가 왜 반려되는지, 과연 자신의 원고가 그만한 투자 가치가 있는지를 생각해 보면 좋겠죠? 너무 평이한 콘셉트의 원고는 반려 가능성이 높습니다. 예를 들어, 여행에세이를 내고 싶다면 그냥 '세계일주 이야기'는 서점에 이미 포화 상태입니다. '직장상사와 함께한 세계일주'라든가 '시어머니와 함께한 유럽여행' 정도는 되어야 호기심을 갖게 되겠지요.(이건 어디까지나 예시일 뿐입니다.) 그리고 출간 후 자신의 홍보력이 있는지, 북 토크나 강연회, 유튜브나 독자와의 온라인 소통 등 확장성 여부도 돌아보면 좋겠습니다.

'기획 출판'이라는 건 꼭 출판사에 기획서를 제출하기만 하는 게 아니라, 반대로 출판사에서 저자를 물색해서 출판 의뢰를 하는 경우도 포함합니다. 학력, 스펙, 배경, 미디어 노출 등등 어떤 면에서 화려하지 않은 제가 몇 번이나 출판 의뢰를 받은 비결이 무엇이었을까요? 출판사에서 투자 가치로 '글쓰기'라는 확실한 콘텐츠 '콘셉트력'과 '홍보력'을 높게 평가했던 것입니다.

특히 저는 SNS 채널을 많이 운영하는데요. 온라인에서 확장성은 물론 오프라인에서도 강의할 수 있는 능력이 있습니다. 그동안 강의를 들은 수백 명의 수강생이 간직하고 있는 긍정적인 기억도 책 홍보에 도움이 되겠지요. 그건 곧 독자를 확보할 수 있는 잠재력이니까요. 요즘은 예전과 다르게 독자들이 온라인에 인증해서 입소문 베스트셀러를 기록하는 책도 많잖아요?

반기획 출판

반기획 출판은 저자가 일부 돈을 내고서 출판사의 기획력을 가지고 출판 계약 작업하는 걸 말합니다. 자비 출판과 기획 출판을 섞어 놓은 격이죠. 이때 저자가 부담하는 비용에 따라서 인세비율도 달라집니다.

자비 출판

자비 출판은 이름 그대로 내 돈을 들여 출판하는 방법입니다. 저도 해봤는데요. 최소 200만 원 비용이 소요되었고, 1쇄를 500부 찍어서 다 팔았습니다. 자비 출판사에서는 1,000~2,000부를 출판하는 게 보통입니다. 저는 팔리지 않고 남는 재고 부담이 싫어서 자비 출판사 중에서는 흔치 않은, 1쇄 500부가 가능한 곳을 알아보았습니다. 경우에 따라서는 재고 처리 비용이 포함되거나 추가될 수도 있습니다. 첫 1쇄분을 다 팔면 그다음 중쇄부터는 돈이 들지 않습니다.

주문형 출판(POD)

자가 출판은 컴퓨터를 이용해 고객이 원하는 대로 주문을 받아 책을 제작해 주는 걸 말합니다. 저는 자비 출판으로 낸 책을 절판 처리하고 주문형 출판(POD : Publish On Demand)으로 넘어 왔습니다. 주문형 출판으로 대표되는 사이트가 '부크크'입니다. 제 책 『문장의 위로』는 부크크를 통해서 출간되었습니다.

기획, 편집, 디자인, 그리고 홍보까지 스스로 하면 제작 비용은 0원입니다. 다만 책 1권을 주문할 때마다 1권 책값을 지불하고 출판을 하는 것이죠. 재고 부담은 자비 출판에 비해 없으나 직접 구매를 해야 해서 기성 출판사에서는 POD 출판도 자비 출판의 일환으로 봅니다. 저는 표지 디자인만 비용을 들여서 했습니다.

이처럼 책을 출판하는 게 무척 쉬워졌습니다. POD를 통해 소장용이라도 한 번 만들어 보면 책을 낸다는 일을 실감할 수 있습니다. 강좌에 온 많은 사람이 '죽기 전에 내 이름으로 된 책 출간'을 얘기하는데요. 마음만 먹는다면 당장이라도 얼마든지 책을 낼 수 있습니다. 중요한 것은 책의 출판 여부가 아니라, 작품성 혹은 상품성입니다. 누군가 전업 작가를 하겠다는 이유로 퇴사를 결심한다면 저로선 말리고 싶습니다. 작가로 돈을 번다는 건 쉽지 않습니다. 불과 상위 몇 %만이 인세로 생계가 가능하지요. 나머지 작가들은 방송, 강연, 다작이 아니면 기본 생계도 쉽지 않습니다.

전업 작가 말고 지금 자신의 분야에서 그리고 도전 분야에서 콘텐츠를 정리하고 꾸준히 쓰는 것부터 시작하면 어떨까요?

Day 30

카카오 브런치 작가에 도전해 봐

여러분이 할 수 있는 가장 큰 모험은
바로 여러분이 꿈꿔 오던 삶을 사는 것입니다.
— 오프라 윈프리

브런치? 그거 먹는 거 아니냐고?

다들 카카오톡은 아시죠? 카카오는 전 국민의 채팅 메신저 앱 카카오톡을 개발한 회사입니다. 그 카카오가 운영하는 「브런치」는 '글이 작품이 되는 공간'이라는 비전으로 2015년 6월에 출범한 콘텐츠 퍼블리싱 플랫폼입니다.

카카오가 다음(Daum)을 인수했기 때문에 브런치 글이 검색에 노출되면 조회 수가 급상승하는 효과가 있습니다. 저는 2016년에 제일 처음 올린 글이 카카오톡 채널과 다음 포털에 노출되어 현재 구독자가 만 명 단위에 가까워지고 있습니다. 지금은 다음에서 '글쓰기'만 검색해도 제가 '브런치 추천 작가'로 노출됩니다.

카카오 브런치(이하 브런치)는 네이버 블로그(이하 블로그)와 다르게 글을 발행하려면 '심사' 제도를 통과해야만 합니다. 그래서 요즘은 '브런치 작가 등단'이란 말까지 생겼지요. 심사에 통과하기 전까지는 비공개(작가의 서랍) 발행만 가능합니다. 글을 공개 발행하고 싶다면 작가 심사에 통과해야만 하는 시스템이죠. 브런치 작가 신청은 정해진 양식 작성 후 제출해야 하는데요.

이 글을 작성하는 기준은 다음과 같습니다.(출처: 브런치)

① 작가님이 궁금해요.

작가님이 누구인지 이해하고, 브런치 활동을 기대할 수 있도록 해 주세요.

② 브런치 활동 계획을 알려 주세요.

브런치에서 발행할 글의 주제나 소재, 대략의 목차를 알려 주세요.

③ 내 서랍 속에 저장! 이제 꺼내 주세요.

'작가의 서랍' 속 저장 글 또는 외부에 작성한 게시글 주소를 첨부해 주세요. 심사 시 가장 중요한 자료가 됩니다.

④ 그 밖에 온라인 매체 기고 글이나 출간 책 주소 입력

http://주소 입력

⑤ 활동하고 있는 SNS나 홈페이지가 있나요?

주 활동 분야나 직업, 관심사를 담은 페이지가 있다면 알려 주세요.

여기서 심사 통과 핵심이 나와 있네요. 첫 번째는 '목차'이고, 두 번째는 '작가의 서랍'이라는 미발행 비공개 글입니다. 브런치가 글쓰기 플랫폼으로서 표방하는 건 '책으로 낼 만한 콘텐츠'입니다. 이미 책을 출

간한 작가라면 홍보 창구가 되어 주기도 합니다. 브런치에서는 글을 잘 쓰는 계정 운영자가 '브런치 작가'로 유입되어 다음이나 카카오톡 채널에 좋은 콘텐츠가 공유되길 바라는 것입니다. 그래서 '목차'를 대략이라도 쓰도록 콘텐츠 기획을 유도합니다. 네이버나 티스토리의 '블로그 카테고리' 게시판과 비슷한 개념인 '매거진'이 브런치에 있지만, 그것보다는 '책'처럼 목차가 있는 글의 기획을 우선 보겠다는 게 브런치의 색깔인 거죠. 또 아예 대놓고 '기존에 쓴 글'을 보여 주면 심사에 반영하겠다고 밝히고 있지요. 그 밖의 것은 자기소개와 외부 활동 채널 유무입니다.

혹시나 브런치 심사에서 탈락한 적이 있는 분이나 아직 엄두도 못 낸 분들에게 희망이 되는 소식을 전해 드리겠습니다. 저는 일찌감치 1차 브런치 작가 심사에서 탈락의 고배를 맛보았습니다. 단 10분도 안 들이고 대강 글을 작성해서 제출했는데, 결과는 '아, 정말 심사를 하긴 하는구나.'였습니다. 그래서 20분 정도 공들여(?) 재도전한 후에야 통과하여 지금까지 오게 되었습니다. 당시에도 출간 작가였던 제가 '탈락을 했던 비법'을 밝히겠습니다.

'이것만 하면 작가도 탈락한다.'

그건 바로, '대충, 짧게, 메시지 없는 글'입니다. 이렇게 쓰면 100% 탈락합니다. 심사에서 통과하고 싶다면 글이 정갈할수록 좋습니다. 팁이 있다면 최대한 숫자를 활용해 보세요. '엄마와 함께 간 여행지 Best 10'이라든지 '김치볶음밥의 7가지 변신 레시피'라든지, '자존감을 높이는 언어습관 3가지' 등 섹시한 제목을 지어 봐도 좋겠습니다.

지금은 당시 제가 심사에 통과한 글 원문이 없지만, 한 번 탈락하고서 심기일전으로 썼기 때문에 어떤 글이었는지 기억이 납니다. 심리에 관련한 글이었는데요. 일상에서 자주 접하는 심리 상식과 같은 걸 ○○법칙, ○○효과, ○○증후군 등처럼 앞에 첫째, 둘째, 셋째…를 매겨 통과했습니다. 이것과 똑같이 하면 통과한다는 것보다는 기획력이 있고 정갈한 글이 통과 확률이 높다는 정도로 정리할 수 있겠습니다.

브런치 구독자 모으는 방법

브런치는 인스타그램이나 페이스북처럼 매크로 프로그램을 돌리거나 사람을 써서 임의로 팔로워를 늘릴 수도 없습니다. 블로그처럼 홍보하면서 이웃, 서로이웃과 소통할 수도 없지요. 그런 브런치에서 언론 노출 없이도 구독자 수를 많이 확보한 이동영 작가만의 노하우는요?

'꾸준함'입니다.

허무한가요? 들어 보세요. 저는 브런치를 시작한 초기부터 거의 매일같이 글을 올려 왔습니다. 요즘에는 글쓰기 강의나 모임이 많아져서 매일 올리지 못하지만, 그전까지는 날마다 글을 발행했습니다. 지금 생각하면 거침이 없었습니다. 잘 쓰려고 하기보다는 좋아서 올리고, 독자들이 좋아해 주셔서 올렸으니까요. 오히려 힘을 뺀 글에 진심이 묻어났는지 더 좋아해 주더라고요.

꾸준함이 제 유일한 스펙이고 재능이 되었습니다. 다만 개인의 일상글이나 홍보를 목적으로 쓰는 글은 네이버 블로그에 올리는 것이 더 적

합합니다. 이러한 브런치 플랫폼 특유의 무게감은 종이책도 전자책도 일반 블로그도 아닌 브런치라는 하나의 장르로 자리매김하는 데 가장 크게 기여하지 않았나 생각합니다.

저는 홍보성 콘텐츠도 간혹 올리긴 하지만, 지금까지 제가 브런치에 꾸준히 발행한 90% 이상의 글은 에세이나 인문·자기계발 콘텐츠였고, 나머지는 정보성이 있는 글이었습니다. 그러니까 대놓고 홍보 글을 올리지 않아도 플랫폼 성격에 맞는 글 덕분에 자동 홍보가 되는 셈이죠. 실제로 강사 섭외 담당자분께 제 브런치를 보고 연락했다는 말을 자주 듣습니다. 전국 단위로 강연 의뢰를 받고 있습니다. 자체 강좌 수강생 모집이 가능한 것도 다 브런치 덕분입니다. 요즘은 네이버 블로그 계정도 활성화가 되어 비슷한 효과를 보고 있습니다.

이 책도 마찬가지로 출판사에서 브런치를 보고 먼저 의뢰를 했습니다. 매거진 『싱글즈』에 인터뷰를 한 것, 아리랑 TV에 필사모임 주최자로 출연한 것, 전시·콘서트 등에서 작가로 참여한 것도 거의 다 제 브런치 계정에 올린 글을 통해서 요청받았습니다.

「퇴사학교」 강의 섭외도 브런치에서 연재하는 글쓰기 팁과 함께 올려놓은 '이동영의 글쓰기 클래스' 수강 후기를 보고 받은 결과였습니다. 저는 명함을 돌리는 강의 영업이나 먼저 기획서 제출을 해 본 적이 아직 한 번도 없습니다. 전에 강의한 곳에서 추천을 받거나 매번 강의 제안을 브런치와 블로그를 통해 먼저 받아 왔습니다. 만약 이 상태에서 오프라인에서까지 영업이 들어가면 요청은 더 많아지겠죠? 온라인 글쓰기만 하던 블로그가 오프라인 현실에서 커리어와 비즈니스로 이어지는 것이죠. 브런치의 '작가에게 제안하기' 기능 설정은 그런 면에서 저 같은 프리랜서가 놓칠 수 없는 혜택이라고 생각합니다.

그 밖에도 브런치에서는 책 출간을 돕는 여러 가지 시도를 합니다. 대표적으로 「브런치북 프로젝트」라고 하는 신진 작가 발굴을 하는데요. 브런치 작가라면 누구나 응모할 수 있고, 심사를 하는 출판사나 작가, 편집자의 라인업이 상당히 좋은 편입니다.

브런치에서는 주문형 출판(POD)의 대표 사이트인 부크크와 제휴를 맺고, 브런치 작가가 브런치에 올린 글이 쌓이면 클릭 몇 번에 출판 원고로 만들어 주는 시스템도 갖추고 있습니다. 비용을 들이지 않고도 브런치에 발행한 글(원고)만 있다면 언제든 어렵지 않게 출판을 할 수 있다는 장점이 있지요. 글을 쓸 때 유용한 맞춤법 검사 기능도 앱과 웹에서 모두 가능하다는 브런치만의 장점 역시 있습니다.

전에는 수시로 '위클리 매거진 연재 신청'을 받았습니다. 이게 무엇이냐면 출판을 염두에 둔 완성도 높은 글을 별도 심사하여 주간으로 정기 발행해 주거나 출판사와 미팅까지 연계해 주는 서비스였는데요. 현재는 '잠시 쉬어 갑니다.'라는 공지가 올라온 상태입니다.(https://brunch.co.kr/@brunch/100 참조)

저는 그 혜택을 받은 사람입니다. 제 글쓰기 책을 출간하고 싶다는 출판사와 몇 군데로부터 미팅 제안을 받았습니다. 브런치에서 메일로 전달해 주면 나머지는 브런치 작가의 몫인데요. 문의 사항이 있을 때마다 적극적으로 도와주어서 든든합니다. 아마 브런치에서는 앞으로 다른 방식으로도 작가 발굴을 고민하지 않을까 생각합니다. 제가 이 글을 쓰고 있는 현재 시점에서 '위클리 매거진'은 출간한 작가의 책을 목차별로 연재하여 브런치 메인에 노출해 주고 있습니다.

실제 브런치 작가의 책이 나오면 브런치 책방에 노출해 주고, 브런치 프로필에 '출간 작가'로 인증해 주고, 위클리 매거진 연재도 하는 것이죠. 제 책은 브런치를 통해서 출간된 것이 아닌데도 다음 메인(다음 톱)에 노출해 주고 담당자가 '제가 캡처하여 파일을 첨부하였습니다.' 하는 내용으로 메일을 보내주기도 했습니다. 이만큼이나 적극적으로 홍보해 주니 작가를 꿈꾸는 이 시대 작가 지망생이 브런치를 하지 않을 이유가 있을까 합니다.

다만 브런치는 주로 지향하는 테마가 있습니다. 최근 몇 회 간의 브런치 프로젝트 수상작을 기준으로 보면 신춘문예와 같이 문학성이 짙은 글보다는 브랜드, 마케팅, 법, 약, 삼십 대, 이민, 퇴사 고민 등으로 실용성이 높은 글이나 여행 에세이, 커피, 일러스트 등 대중성을 놓치지 않는 글, 비주얼 콘텐츠 등이 대세를 이루는 편입니다. 이런 게 브런치만의 퍼스널리티가 된 것이죠. 이건 지금 기준이고, 트렌드는 계속 바뀌고 있으니 테마나 키워드가 다르다고 해서 도전을 포기하진 마세요.

이 모든 게 무료라는 사실이 브런치 서비스의 진심으로 느껴져서 저는 한 명의 이용자이자 수혜자로서 감동인데요. 지금보다 더 많은 분이 브런치 작가에 도전하고 혜택을 받았으면 하는 바람이 있습니다. 이 책 『너도 작가가 될 수 있어』의 '궁극적 결론'이 "브런치를 하세요."는 아닙니다. 브런치라는 플랫폼이 지금 이 시대에 작가가 되는 하나의 방법이기에 자율적인 선택지로서 추천드립니다.

『에세이를 써보고 싶으세요?』를 직접 집필하기도한 김은경 편집자의 브런치북 프로젝트 심사 후기로 이 글을 마무리하겠습니다.

편집자들은 누구나 브런치를 보고 있다. 당신이 할 말이 있는 한 누군가는 당신의 글을 보고 있는 것을 기억해 주면 좋겠다.